お助け屋台
小料理のどか屋 人情帖42
倉阪鬼一郎
時代小説
二見時代小説文庫
JN230891

お助け屋台――小料理のどか屋人情帖42

目次

お助け屋台——小料理のどか屋 人情帖42 主な登場人物

千吉……………祖父長吉、父時吉の下で板前修業を積んだ「のどか屋」の二代目。

およう…………二人の子の子育てをしながらのどか屋の「若おかみ」を務める、千吉の女房。

おちよ…………大おかみとしてのどか屋を切り盛りする時吉の女房。父は時吉の師匠、長吉。

万吉とおひな…千吉とおようの五歳の息子と三歳の娘。

時吉……………のどか屋の主。元は大和梨川藩の侍・磯貝徳右衛門。「長吉屋」の花板も務める。

長吉……………浅草で「長吉屋」を営む古参の料理人。店近くの隠居所から顔を出す。

おとき…………のどか屋の手伝いをしながら将棋指南をしている娘。

大橋宗直………将棋の家元の大橋分家の傍流の若者。おときと夫婦になることに。

安東満三郎……隠密仕事をする黒四組のかしら。甘いものに目がない、のどか屋の常連。

万年平之助……黒四組配下の隠密廻り同心。千吉が幼い頃からウマが合う。

室口源左衛門…米問屋の用心棒から黒四組配下となった剣客。日の本の用心棒の異名を取る。

目出鯛三………狂歌師。かわら版の文案から料理の指南書までも書く器用な男。

筒井堂之進……大和梨川藩藩主、筒堂出羽守良友がお忍びで町に出るときの名乗り。

おてる…………木挽町の裏店に住んでいた、火事で家族とはぐれてしまった娘。

卯三郎…………のどか屋の縁で無事に娘おてると再会することができた左官職人の父親。

第一章　焼き松茸と豆腐飯

一

「お客さま、ご案内です」

横山町の旅籠付き小料理のどか屋で、いい声が響いた。

古参の手伝いのおけいだ。

「はあい、いらっしゃいまし」

おかみのおちよが出迎える。

「こちらでございます」

もう一人の手伝いのおときの声が響いた。

中食のお運びの手伝いを終えると、おけいとともに繁華な両国橋の西詰へ旅籠の呼び込みに出る。そして、見つかった客をのどか屋へ案内してくる。

おときのつとめはそれだけではない。日を決めて、二幕目の将棋の指南も行っている。おときは江戸でも指折りの娘将棋指しだ。

のどか屋ののれんをくぐってきたのは、二人の男だった。

「世話になるっぺ」

「べっぴんさんから声をかけられたもんで」

案内された客が笑みを浮かべた。

「ようこそいらっしゃいました」

若おかみのおようが笑顔で出迎えた。

座敷では二人の子がお手玉で遊んでいる。

兄の万吉(まんきち)が五つ、妹のおひなが三つ。とても仲のいいきょうだいだ。

「おっ、猫がいるべ」

上背(うわぜい)のあるほうが座敷を指さした。

「ほんとだ。いろいろいるっぺ」

もう一人が言う。

「今日の座敷は三代そろってるんで」

　およう が手で示した。

　のどか屋伝統の柄、茶白の縞猫の二代目のどか。その子で、尻尾にだけ縞模様が入った目の青い白猫のこゆき。そのこゆきが今年の秋に産んだばかりで、母と同じ目の青い白猫の雪之丞。親子三代がそろっている。

　このほかに、二代目のどかの子で同じ柄のふくとろくの兄弟。白黒の鉢割れ猫で前足だけ白くて足袋を履いたようになっているたび。いまは六匹の猫がいる。のどか屋は一に小料理屋、二に旅籠、三番目は猫屋だと言われるほどだ。

「そりゃあ、何よりだべ」

「にぎやかでいいっぺ」

　二人の客が言った。

　おけいとおときが二階の泊まり部屋に荷を運んだ。

　いろはにほと、のどか屋には六つの泊まり部屋がある。「へ」は語呂が悪いから抜きだ。一階の小料理屋の並びに一部屋、あとはすべて二階だ。

　ややあって、客が下りてきた。

　聞けば、これから浅草へお参りに行くらしい。

　酒ではなく茶を所望されたので、二代目の千吉が茶請けとともに運んだ。

「蕎麦かりんとうもどうぞ」

千吉が皿を置いた。

「こりゃうまそうだべ」

「茶に合いそうだ」

二人の客が笑みを浮かべた。

「どちらからお越しで？」

千吉がたずねた。

「下野の小山だっぺ」

「宇都宮の手前だべ」

客が答えた。

「さようですか。宇都宮といえば、先だって雨風の災いがあったとお客さんからうかがいましたが」

のどか屋の二代目が言った。

「そうだっぺ。おいらの身内も難儀したんだべ」

「出水はもう引いてくれたがよ」

客が答えた。

「災いはこりごりでございますね」

　おかみのおちよが少し眉根を寄せた。

　あるじの時吉と縁あって結ばれ、のどか屋を開いてもうだいぶ経つが、神田三河町と岩本町、二度にわたって火事で焼け出されている。そのたびに、みなで力を合わせて立て直してきた。

「浅草で無病息災のお祈りをしてくるべ」

　背の高いほうの客がそう言って、蕎麦かりんとうをかりっとかんだ。

「うん、うめえ」

　すぐさま言う。

「ほんとだ。うめえべ」

　もう一人も笑顔になった。

　茶菓で軽くもてなされた客たちは、ほどなく浅草へ向けて出発していった。

二

　ややあって、二人の常連がのれんをくぐってきた。

黒四組の安東満三郎と万年平之助だ。

将軍の履き物や荷物を運ぶ黒鍬の者には、三つの組があることが知られている。しかし、人知れず四番目の組も設けられていた。それが約めて黒四組だ。

黒四組のつとめは世に知られぬ影御用だ。

世に悪の種は尽きない。なかには日の本じゅうを股にかけて悪さをする者どももいる。

そこで、区々たる縄張りにとらわれずに悪を追う黒四組が生まれた。捕り物をするときは町方や火付盗賊改方などの助けを得るが、平生は少数精鋭で世の安寧を護るために動いている。

「次の悪党退治は？　平ちゃん」

千吉が気安く声をかけた。

千吉がまだわらべのころから、万年同心とはいたって仲良しだった。いまなお「平ちゃん」「千坊」と呼び合う仲だ。

「おれの縄張りじゃねえが、仏像泥棒がほうぼうで出ているようでな」

万年同心が答えた。

日の本じゅうが縄張りの黒四組だが、万年同心だけは江戸だけを受け持っている。

一見すると町方の隠密廻りと区別がつかず、所属がはっきりしないため幽霊同心とも呼ばれている。

「仏像泥棒でございますか」

おちよが眉根を寄せた。

「そうだ。下野や房州、関八州のほうぼうで名刹のご本尊が盗まれてる。罰当たりなことじゃねえか」

黒四組のかしらが苦々しそうに言った。

「さようですか。ちょうど今日は下野の小山のお客さまがお泊まりに」

おちよが伝えた。

「そうかい。仏像泥棒が出たのは草深い田舎のほうみてえだがな」

安東満三郎が答えた。

「盗んだ仏像は売り払ったりするんでしょうか」

厨で手を動かしながら、千吉が言った。

「どうだかな。悪党どもの動きについては、いろいろ思案してるんだがな」

安東満三郎はとがったあごに手をやった。

ほどなく、肴ができあがった。

黒四組のかしらには、いつものあんみつ煮だ。

油揚げを醤油と砂糖だけで煮た、いたって簡便な料理だ。

「うん、甘え」

あんみつ隠密の口から、お得意の台詞が飛び出した。

この御仁、よほど変わった舌の持ち主で、とにかく甘いものに目がない。甘ければ甘いほどいいとばかりに、肴には味醂をどばどば回しかけて食す。甘いものさえあればいくらでも酒が呑めると豪語するのは、江戸広しといえども黒四組のかしらくらいだろう。

「平ちゃんには、これを」

千吉が小鉢を出した。

「おう、ありがとよ」

万年同心が受け取ったのは、松茸と小茄子の辛子和えだった。

下ごしらえをした松茸を網焼きにし、縦に八つくらいに裂いておく。

小茄子はへたを落とし、縦に四つ割りにする。これに醤油を振って、さっとまぜて置いておく。

頃合いになったら茄子を絞り、辛子醤油で和える。これに松茸を加え、まぜあわせれば出来上がりだ。

「おう、いい出来だな」

万年同心は渋く笑った。

「ありがとう、平ちゃん」

千吉が笑顔で言った。

「まあ、とにもかくにも、大事な仏様を取り戻さなきゃな」

安東満三郎がそう言って、またあんみつ煮を口に運んだ。

「気張ってくださいまし」

おちよの声に力がこもった。

三

今日は隠居の大橋季川の療治の日に当たっていた。

のどか屋には常連がいくたりもいるが、東の大関とも言うべき常連中の常連が季川だ。齢を重ねてはいるが、血色は良く、まだまだ達者だ。

さりながら、俳諧師として日の本じゅうを駆けずり回っていた昔に比べると、さすがに足腰が弱くなってきた。

そこで、のどか屋の座敷を使い、良庵という腕のいい按摩に日を決めて腰の療治をしてもらっている。療治の日は一階の部屋に泊まり、翌日の朝膳を食してから引き上げるのが常だ。この療治を折にふれて行っているおかげで、腰の具合はだいぶ良くなった。

一枚板の席には、家主の信兵衛がいた。困っている者からは無理に店賃を取らない人情家主だ。

もう一人、千吉の竹馬の友の升造の顔もあった。信兵衛が持っているいくつかの旅籠のうち、のどか屋にいちばん近い大松屋の二代目だ。のどか屋は料理、大松屋は内湯。それぞれに看板がある。

「かけっくらをしよう、とか言ってるな」

外のほうをちらりと見て、升造が言った。

「遊んでもらってありがたいよ、升ちゃん」

厨で手を動かしながら、千吉が言った。

大松屋の三代目の升吉は、のどか屋の三代目の万吉より少しだけ兄貴分だ。親と同様、よく一緒に遊んでいる。

「そのうち、一緒に寺子屋へ行ったりするよ」

元締めが温顔で言って、松茸の網焼きに箸を伸ばした。

天麩羅（てんぷら）や炊き込みご飯、旬（しゅん）の松茸の味わい方には数々あれど、網焼きにして裂いて醤油をたらして食すのが、やはり酒にはいちばん合う。のどか屋の常連、野田（のだ）の花実（はなみ）屋（や）が腕によりをかけてつくった特上の醤油だ。

「たしかに、大きくなるのはあっという間ですからね」

猫たちにえさをやりだしたおちよが言った。

「わたしもついこのあいだ寺子屋に通っていたような気がするんだがね」

療治を受けながら隠居がそう言ったから、のどか屋に笑いがわいた。

「ご隠居さんがわらべのころも寺子屋があったんですね」

良庵のつれあいのおかねが言った。

「そりゃあったさ。わたしにだってわらべのころがあったんだよ」

季川が笑みを浮かべた。

「はい、雪之丞にもね」

おようが小ぶりのえさ皿を置いた。

「たべるかな？」

おひなも見守っている。

いちばん新参（しんざん）の雪之丞だが、おっかさんのお乳ばかりでなく、えさもいくらか食べだした。

「はいはい、いま出すから」

おちよが言った。

ほかの猫たちが「早くくれ」とばかりに競うようになく。のどか屋は今日もにぎやかだ。


万ちゃんの勝ちだ。

速いね。


表のほうから声が響いてきた。

「勝ちを譲ってやったみたいだな。偉（えれ）えな」

升造がそう言って、猪口（ちょく）の酒を呑み干した。

「いつのまにか、子は育つね」

千吉が父の顔で言う。

「そうだね。……おっと、あんまり油を売ってたらツノを出されるから、そろそろ」

大松屋の二代目が腰を上げた。

「ああ、またゆっくり」

千吉が竹馬の友に言った。

四

ほどなく、元締めものどか屋を出た。

隠居の療治も終わった。

「ああ、楽になったよ」

一枚板の席に移った季川が言った。

「またよろしゅうお願いします」

おかねが頭を下げる。

「ご機嫌よう」

次の療治へ向かう良庵が言った。

「ご苦労さまでしたね。次もまたよろしゅうに」

隠居の白い眉がやんわりと下がった。

按摩の夫婦が出ると、一枚板の席に松茸の網焼きが供された。

「療治を受けている最中にいい香りが漂ってきて、思わずつばを吞みこんでしまったよ」

季川が言った。

「お代わりもできますので」

千吉が笑みを浮かべた。

えさを食べ終えた猫たちは水を吞みだした。水吞み皿の支度は、ただ置くだけだがおひなも少し手伝った。

「のんでるよ」

ぴちゃぴちゃと音を立てて水を吞む雪之丞を指さして、おひなが言った。

「そうね。吞み方が上手になったわね」

おようが言う。

「じょうず、じょうず」

三つの娘がはやすように言った。

「うまいね。やはり秋は松茸だね」

網焼きを味わった隠居が言った。

「そろそろあたたかいものも恋しくなりますね」

おちよがそう言って酒をついだ。

「そうだね。季(とき)の移ろいは早いから」

隠居はそう言うと、猪口の酒を静かに呑み干した。

そのとき、表で話し声がした。

そろそろ、帰るか。

暗くなるぞ。

時吉の声だ。

ほどなく、孫の万吉と一緒にのどか屋のあるじが戻ってきた。

五

「今日は新たな弟子が入りましてね。まだ十二の子で」

一枚板の席で呑んでいる季川に向かって、時吉が言った。

元は武家で、磯貝徳右衛門と名乗り、大和梨川藩の禄を食んでいた。思うところあって刀を捨て、包丁に持ち替えて久しい。料理の師匠である長吉の娘のおちよと結ばれ、のどか屋を開いてからいつしかずいぶん時が経った。

「ほう、教え甲斐があるね」

隠居が温顔で言った。

長吉はもう楽隠居で、おのれが名店に育てあげた長吉屋に顔は出すものの、指南役は娘婿の時吉に任せている。毎日というわけではないが、時吉は浅草の福井町の長吉屋へ出向き、若い弟子たちに心をこめて料理を教えていた。

「どういうお弟子さんで?」

おちよがたずねた。

「親父さんは煮売りの屋台を長年かついできたんだが、せがれには屋根のある見世をやらせたい。ついては、長吉屋で修業をということで、厨に入ることに」

時吉は答えた。

「それは、親父さんの思いもこもってるね」

季川がそう言って次の松茸に箸を伸ばした。

「そういえば、うちの屋台は久しく出番がないけど、ちゃんと使えるかどうか見ておかないと」

　千吉が言った。

　のどか屋の奥まったところに、帆布（ほぬの）をかけた屋台が一台置かれている。災いが起きたあと、炊き出しをするための屋台だが、しばらく出番がなかった。

「そうだな。いざというときに備えておかねば」

　時吉が言った。

「帆布で雨露はしのいでるから大丈夫だとは思うけど」

と、おちよ。

「鉋（かんな）をかけたり、車輪のねじを締めたり、やることはいろいろあるから」

　千吉の表情が引き締まった。

「備えあれば憂（うれ）いなし、だからね」

　隠居がそう言って、猪口の酒を呑み干した。

「あっ、取られた」

　万吉がやにわに声をあげた。

「じょうず」

一緒に猫じゃらしを振っていたおひなが手をたたく。

「取れるようになったのね、雪ちゃん」

おようが笑みを浮かべた。

雪之丞ちゃんではいささか長いから雪ちゃんだ。

「ゆきちゃんが生まれ変わってきたみたいね」

呼び名を聞いたおちよがしみじみと言った。

「そのうち、そっくりの看板猫になるよ」

千吉が白い歯を見せた。

六

翌朝――。

のどか屋の名物、豆腐飯の朝膳が出た。

泊まり客はもとより、これを目当てに食しに来る者もいるから、朝からたいそう忙しい。

「これが名物の豆腐飯かい」

「うまそうだべ」

小山から来た二人の泊まり客が出された膳を覗きこんだ。

「一度目はお豆腐だけ匙ですくって召し上がってくださいまし。二度目はご飯とまぜて召し上がっていただき、三度目はお好みの薬味を添えてくださいまし」

若おかみのおようが慣れた口調で食べ方を指南した。

「一膳で三度味わえるからよ」

「一度食ったらやみつきだぜ」

そろいの半纏の大工衆が声をかけた。

「なら、まずは豆腐から」

「おう」

小山の客の匙が動いた。

筋のいい豆腐を甘辛くじっくりと煮る。毎日つぎたしながら使っているのどか屋の「命のだし」も加えているから、深い味わいの煮込み豆腐だ。

「ああ、うめえべ」

「なら、次は飯とまぜて食うべや」

小山の客の顔がほころんだ。

「具だくさんの汁もおいしいよ」

向こうの席に陣取った隠居が言った。

けんちん汁ものどか屋ではおなじみだが、今日は味噌汁だ。具は茄子と葱と油揚げ。

こちらも具がふんだんに入っている。

「よし、薬味をまぜるか」

「味が変わってうめえからよ」

大工衆がにぎやかに言う。

「眠そうだな、坊」

「そこで見物かい」

小山の泊まり客が声をかけた。

厨の隅っこに床几が据えられている。その上にちょこんと乗っているのは三代目の万吉だ。

「見るのも修業のうちなので」

千吉が笑みを浮かべた。

「ちゃんと見ていろ」

豆腐飯を仕上げながら、時吉が言った。

万吉がこくりとうなずく。

「ああ、味が変わったべ」

「たしかに、一膳で三度楽しめるべや。美味でやんすよ」

薬味をまぜて食した泊まり客が声をあげた。

「おれら、しょっちゅう食えるからありがてえ」

「普請仕事の力も湧くぜ」

「朝膳はやっぱりのどか屋だな」

大工衆が口々に言った。

そんな調子で、のどか屋名物の豆腐飯の朝膳が滞りなく終わった。

第二章　秘仏の罠

一

「わあ、きれいにできたわね」

おちよが屋台を見て言った。

「気張って鉋をかけたから」

千吉が身ぶりをまじえた。

のどか屋は中食が終わり、これから二幕目に入るところだ。

今日は親子がかりの日だから、厨の仕込みは時吉が担っている。中食は寒鰤の煮つけと焼き飯とけんちん汁。時吉の鍋振りで、焼き飯が小気味よく踊った。

「あとは出番を待つばかりで」

おひなとともに見にきたおようが言った。

「出番が来なければいいけどな」

千吉はそう言って、屋台に帆布をかけはじめた。

鉋をかけ、ゆるみがないかどうか、ほうぼうを入念にあらためた。その甲斐あって、車輪付きの屋台は新たな品のごときたたずまいになった。

「そうね。この屋台を使うのは災いが起きたときだから」

おようがあいまいな顔つきで言った。

「わざわい？」

おひなが小首をかしげた。

「火事とか地震とか、江戸ではいろんな災いが起きる。そうすると、住むところがなくなって難儀をする人がたくさん出る。そんな困った人たちを助けるために炊き出しの屋台を出すんだ」

千吉は気を入れて説明したが、おひなには難しいようだった。

「お助けをするの。この屋台で」

おようが手で示した。

「おたすけ、おたすけ」

おひながおうむ返しに言う。

「そうよ、のどか屋のお助け屋台」

おちよが笑みを浮かべた。

「もしものときには、お粥などをふるまうからな」

千吉が言った。

「うん」

おひなはこくりとうなずいた。

「よし。なら、二幕目だ」

千吉が両手を打ち合わせた。

「気張っていきましょう」

おようがいい声で答えた。

二

二幕目の皮切りの客は、岩本町の御神酒徳利だった。

湯屋のあるじの寅次と、野菜の棒手振りの富八だ。いつも一緒に動いているから御神酒徳利と呼ばれている。

「今日は屋台の直しが終わったんで。いざというときのお助け屋台」

千吉が厨から言った。

「そりゃ、備えあれば憂いなしだ」

寅次が笑みを浮かべた。

「おいらが入れた品も使ってくんなよ」

気のいい野菜の棒手振りが言う。

「ええ。甘藷粥(かんしょがゆ)などもふるまいにいいので」

千吉がすぐさま答えた。

「身の養いになりますから」

おちよも言う。

「江戸の困った人たちを助けなきゃね。うちも銭なしで入れてやるよ」

湯屋のあるじが白い歯を見せた。

ここで表で話し声が響いた。

おけいとおときが泊まり客を案内してきたのだ。

「おっ、うちに案内しなきゃな」

寅次が二の腕を軽くたたいた。

案内されてきたのは、相州の秦野から江戸見物に来た兄弟だった。

聞けば、江戸でみちのくの秘仏の御開帳があるらしく、それを目当てに出てきたという話だった。

「まあ、秘仏でございますか」

おちよが言った。

「深川のお寺で御開帳になるという話で」

「街道筋で刷り物が配られていて、江戸見物がてら行ってみようかと」

客が答えた。

「街道筋で刷り物を」

厨の千吉が軽く首をかしげた。

「御開帳は明日でしょうか」

寅次がたずねた。

「そのとおりで」

「今日は疲れたので、ゆっくり休んでから」

秦野の兄弟が答えた。

「なら、湯屋はいかがでしょう。ちぃと歩きますが、いい湯ですよ」

寅次がここぞとばかりに言った。

「このおとっつぁんは岩本町の湯屋のあるじで」

富八が手で示した。

「ああ、ちょうどいいや」

「湯屋なら行きたいんで」

客が乗り気で言った。

「承知しました。さっそくご案内しましょう」

寅次が両手を打ち合わせた。

「おいらは帰るだけだけど一緒に」

富八が動く。

そんな調子で、秘仏の御開帳を見に来た客は御神酒徳利とともに岩本町へ向かった。

三

しばらく経つと、まず元締めの信兵衛が、続いて黒四組の万年平之助同心が姿を現わした。

「あっ、平ちゃん、ちょうどいいや。ちょっと耳に入れたいことが」

千吉が万年同心の顔を見るなり言った。

「お、何でえ」

同心が訊く。

「今日、相州から来たお客さんがいて、深川のお寺でみちのくの秘仏の御開帳を観るそうで。街道筋で刷り物が配られてたってことで」

千吉がいつもより早口で答えた。

「みちのくの秘仏か……ちと臭うな」

万年同心があごに手をやった。

「おいらも、ちょいとここに」

千吉がこめかみを指さした。

「千坊の勘ばたらきは鋭いからな」

黒四組の同心が笑みを浮かべた。

「みちのくの秘仏がどうかしたんですか」

元締めがいぶかしげに問うた。

「日の本のほうぼうで仏様泥棒が起きててな」

万年同心は苦々しげに言うと、おちよが出した茶を少し啜(すす)った。

「それは罰当たりな」

と、元締め。

「その仏様を、どこぞの秘仏だという尾鰭(おひれ)をつけて御開帳でひともうけっていう連中がそのうち出るんじゃねえかって当たりをつけてたんだが、いよいよ出やがったか」

万年同心はそう言うと、また茶を苦そうに啜った。

「なるほど。そりゃあ旦那方の出番だ」

元締めは得心のいった顔つきになった。

「お客さんは、いまは岩本町へ」

千吉が伝えた。

「湯屋か？」

万年同心が短く問う。

「寅次さんのご案内で」

おちよが答えた。

「戻ったら、どこのお寺か訊いておくよ、平ちゃん」

千吉が言った。

「湯屋へ行ったのはだいぶ前か？」

茶を呑み終えた万年同心が訊いた。

「いや、四半刻（約三十分）ほど前で」

千吉が答えた。

「なら、入れ違いにはならねえだろう。ひとっ走り行って来よう」

万年同心が腰を上げた。

「相州の秦野から来たご兄弟で、人相は……」

おちよは勘どころを伝えていった。

千吉も補い、言葉で人相が伝わる。

「それだけ頭に入れれば充分だ。万一、入れ違いだったら訊いておいてくれ」

万年同心はさっと右手を挙げた。

「承知しました」

と、おちよ。

「ご苦労さまでございます」

急ぎ足で出ていく万年同心の背に、元締めが声をかけた。

四

岩本町の湯屋まで、万年同心は急いで駆けていった。

同じ黒四組には、韋駄天侍こと井達天之助もいる。飛脚並みに日の本じゅうを駆けられる脚の持ち主だが、縄張りの江戸市中なら、万年同心も健脚を披露することができた。

「おっ、どうしたんですかい」

番台に座った寅次が驚いたように言った。

「のどか屋から客を案内してきただろう。まだ中かい」

万年同心が口早に問うた。

「まだ入ってまさ。ひょっとして……」

湯屋のあるじは声を落とした。

「悪党ですかい」

小声で問う。

「いや、違う。悪党がやってるかもしれねえ御開帳に行こうとしてたんで、その寺の場所を聞き出そうと思ってな」

万年同心は答えた。

「そうですかい。なら、待っててくだせえ、旦那。冷たい麦湯を出しますんで」

寅次が笑みを浮かべた。

麦湯でのどをうるおし、汗が引くのを待っていると、相州秦野から来た兄弟が湯から上がってきた。

寅次が声をかけ、万年同心が手短に用向きを伝える。

「刷り物は持ってねえんですが、明日から深川の了見寺(りょうけんじ)っていうとこで御開帳ってことで」

兄が伝えた。

「頭に入れてきてるんで」

弟が髷(まげ)を指さした。

「深川の了見寺だな。せっかく出てきたのに悪いが、明日はべつの名所へ行きな」

万年同心は有無を言わせぬ口調で言った。

「何かあるんですかい」

「みちのくの秘仏を楽しみにしてきたんですが」

兄弟は当惑げな顔つきになった。

「ここだけの話だぞ」

万年同心は唇の前に指を一本立てた。

「へえ」

「口は堅いほうで」

秦野の兄弟が小声で答えた。

「実は、おめえさんらが楽しみにしてきた秘仏は、悪党どもがひそかに盗み出してきた仏様だ。ここんとこ、日の本のほうぼうで仏像泥棒が起きててな」

万年同心はそう明かした。

「なんと……」

「そりゃ罰当たりで」

御開帳を目当てに江戸へ出てきた兄弟は驚いた顔つきになった。

「とにかく、そんなわけで、明日の御開帳はねえってことで」

万年同心が言った。

「そりゃ、しょうがないっすね」

「なんてこった」

兄弟の顔に落胆の色が浮かんだ。

「場所を教えてくれた礼に、飯と酒代は出してやろう。湯屋を出たところに『小菊』っていう細工寿司の名店がある。そこでたらふく食ってからのどか屋に戻りな」

万年同心はそう言って湯屋のあるじの顔を見た。

「おいらの娘がおかみなんで」

寅次が笑みを浮かべる。

「万年のつけと言っておいてくれ。なら、おれは悪党退治の支度があるからな」

黒四組の幽霊同心がぱんと両手を打ち合わせた。

「気張ってくださいまし」

湯屋のあるじが白い歯を見せた。

五

その晩——。

深川の了見寺の本堂に怪しい灯りがともっていた。

人相の芳しからぬ男たちが数人、車座になって酒を呑んでいる。

しばらく無住だった寺だ。

どういういきさつか新たな僧が住み着いたかと思うと、みちのくの秘仏の御開帳の支度を始めた。縁のある古刹から託されたありがたい仏様だというふれこみだ。

「明日は濡れ手で粟の大もうけだな」

法衣をまとった僧形の男が言った。

「ほうぼうで稼ぎまくりましょうや、かしら」

「江戸の連中の目は節穴なんで」

「ここを先途と大もうけ」

頭をまるめた男たちが言う。

なりは僧だが、内側からにじみ出してくる徳などはみじんもなかった。なかにはほおに刀傷のある男もいる。

「あほどもをだますのは、赤子の手をひねるようなもんだ」

かしらが身ぶりをまじえた。

「ほかにも秘仏はありますからな」

「盗んだのもありゃあ、押し込んでやったのもあるんで」

「いくらでも御開帳でもうけられますぜ、げへへ」

手下の一人が下卑た笑い声をあげた。

「あんまり同じところでやったら目立つからな。わっともうけて、また次へ行ってやる。そのうち、江戸からよそへ移りゃ、足もつかねえ」

かしらはそう言うと、あぶった干物を口に運んだ。

僧はなりだけだから、生臭物を心おきなく食べている。

「悪知恵が働きますからな、かしらは」

「頼もしいこって」

「かしらについてきゃ、大もうけ間違いなしだ。がははは」

手下がまた耳障りな笑い声を発した。

だが、次の刹那……。

障子の向こうで、声が放たれた。

「それはどうかな」

よく通る声だ。

提灯が揺れる。

「御用だ」

「御用！」

捕り方が声を発した。

「げえっ」

「何でえ」

悪党どもが狼狽しながら立ち上がった。

障子が開く。

「御用だ」

「御用！」

高張(たかはり)提灯が揺れながら近づいてきた。

六

「われこそは安東満三郎」

黒四組のかしらが名乗りをあげた。

ただし、火の粉が飛んでこないように、前に捕り方をいくたりか置いている。

「諸国を荒らす、罰当たりな仏像泥棒どもめ。うぬらの悪運は尽きた。引っ捕らえよ」

あんみつ隠密は軍配を振り下ろすようなしぐさをした。

「御用だ」

「御用！」

捕り方が勇む。

「しゃらくせえっ」

悪党のかしらが長脇差を抜いた。

「やっちめえ」

悪相がゆがんだ。

「おうっ」

「どきやがれ」

手下どもが前へ踏みこんだ。

剣戟の火蓋が切られた。

「ぬんっ」

ひときわ目立つ偉丈夫が剣を振り下ろした。

日の本の用心棒こと、室口源左衛門だ。

「ぐわっ」

悪党の手下が叫んだ。

剣の達人にとってみれば、赤子の手をひねるようなものだ。

手下の一人がやにわに逃げ出した。

多勢に無勢と悟ったのだ。

だが……。

逃げ切ることはできなかった。

「待て」

韋駄天侍、井達天之助が素早く前に立ちはだかった。

「神妙にせよ」

「御用だ」

捕り方が群がる。

ほどなく、かしらだけが残った。

「峰打ちにしろ」

うしろから安東満三郎が言った。

「承知で」

室口源左衛門が剣を振りかぶった。

「どけっ」

悪党のかしらが斬りこむ。

「ていっ」

日の本の用心棒が力強く剣を振り下ろした。

それは過(あやま)たず敵の首筋を打った。

悪党のかしらが目をむいて悶絶(もんぜつ)する。

「御用だ」

「御用！」

すぐさま捕り方が群がった。

町方と火盗改方の精鋭を集めた捕り方だ。

悪知恵が働く仏像泥棒の一味も、なすすべがなかった。

かしらはたちまち後ろ手に縛られた。

火の粉が降りかからないところにいたあんみつ隠密が前へ進み出た。

「これにて、一件落着(らくちゃく)！」

黒四組のかしらが高らかに言い放った。

第三章　海山の膳と正月焼き飯

一

いくらか経った日――。
のどか屋の前に、こんな貼り紙が出た。

けふの中食
海山の幸膳
きのこたきこみご飯　さんま煮おろし
いわしつみれ汁
小ばち　香(こう)のものつき

四十食かぎり四十文

今日は親子がかりの日だ。

平生より手のこんだ料理ができるから、秋刀魚は煮おろしにした。

大根の皮をむいてすりおろし、巻き簾に載せて水気を切る。

秋刀魚はうろこを取り、頭を落とす。さらに、わたを取ってきれいに洗い、こちらも水気を切っておく。

秋刀魚の両面に飾り包丁を入れ、三切れに切る。これに粉を振って、からりと揚げる。

鍋にだし汁と味醂と醤油を入れて煮立て、揚げたての秋刀魚を入れる。ひと煮立ちして大根おろしを加え、また煮立ったところで青葱を加えれば、今日の中食、海山の幸膳の顔の出来上がりだ。

山の幸の炊き込みご飯には、骨法どおりに三種の茸を入れた。

松茸、平茸、占地。

ふんだんに茸が入っている。

これに名脇役の油揚げが加わる。いくらか焦がしてやると、ことのほかうまい。

鰯（いわし）のつみれ汁もていねいな仕込みだ。

生姜（しょうが）の絞り汁と赤味噌で臭みを消したつみれは、うまみだけが残る。

「どれもうめえな」

「小鉢は大根と油揚げの炒め煮か。これだけでもうめえや」

そろいの半纏姿の大工衆が笑みを浮かべた。

「二幕目には鰯の生姜煮や揚げ煎餅（せんべい）もお出しできますので」

千吉が厨から言った。

「如才（じょさい）ねえな、二代目」

「おれらは普請場だからよ」

「ほかの客に食ってもらってくんな」

気のいい大工衆が言った。

「承知しました」

千吉が笑顔で答えた。

そんな調子で、のどか屋の中食、海山の幸膳は好評のうちに滞りなく売り切れた。

二

二幕目には、黒四組の面々がやってきた。

いくらか時は経ったが、先だっての捕り物の打ち上げだ。

かしらの安東満三郎がそう言って、井達天之助に酒をついだ。

「大儀（たいぎ）だったな」

「それがしの働きどころですから」

韋駄天侍は白い歯を見せると、猪口の酒をくいと呑み干した。

「盗まれた秘仏は、韋駄天がすべて返してきた」

あんみつ隠密がおちよに言った。

「それはそれは、ご苦労さまでございました」

おちよが労をねぎらった。

「わしは捕り物で働いただけだが、いちばん喜ばれる役目だったな」

室口源左衛門がそう言って、鰯の生姜煮に箸を伸ばした。

「仏様を背負ってずいぶん歩いたので、ありがたい心持ちになりましたよ」

井達天之助の箸も伸びる。

鍋に水と味醂と砂糖と醤油を入れ、頭を落としてわたを抜いた鰯を並べる。その上に千切りの生姜を散らし、煮汁をかけて味を含ませながら煮込んでいく。

酒の肴にもいいが、ほかほかの飯にのせても箸が進むひと品だ。

「そりゃ、半ば仏様になったようなもんだからな」

安東満三郎はいつものあんみつ煮だ。

「拝んどかねえと」

万年同心が軽く両手を合わせた。

「やめてください」

韋駄天侍があわてて手を振ったから、のどか屋に笑いがわいた。

「それで、罰当たりな悪党どもは根絶やしになったのでしょうか」

かき揚げの支度をしながら、時吉がたずねた。

「恐らくはな」

あんみつ隠密が答えた。

「もし残党がいたとしても、仏罰が下るだろう」

日の本の用心棒の髭面がやわらいだ。

「罰当たりな仏像泥棒のせいで、何か悪いことが起こらなきゃいいけど」

千吉が言った。

「勘ばたらきの鋭い千坊が言うと、そのうちほんとに何か起こりそうだな」

万年同心が少し顔をしかめた。

「いや……余計なことを言っちゃ駄目だな」

千吉は口をつぐんだ。

ほどなく、かき揚げが揚がった。

黄金色のかき揚げから、青みと赤みもいい風情で覗いている。

青みは葱、赤みは金時人参だ。

「金時人参は甘みがあってうめえな」

万年同心が満足げに言った。

「金時人参入りのかき揚げは、もはやうちの名物ですので」

と、時吉。

「うん、甘え」

あんみつ隠密の口からお得意の台詞が飛び出した。

もっとも、金時人参の甘みではなかった。天つゆの代わりに味醂だから、それは甘いに決まっている。

「葱の苦みもちょうどいい。なおさら甘みが引き立つな、二代目」

万年同心が笑みを浮かべる。

「ありがとう、平ちゃん」

千吉が白い歯を見せた。

三

季の移ろいは早い。

秋から冬へ移るにつれて、風はめっきり冷たくなった。あたたかいものが恋しくなる季節だ。

のどか屋でも湯奴（ゆやつこ）や湯豆腐などが出るようになった。

だしと昆布だけで煮た湯奴も、薬味を添えて味噌などで味わう湯豆腐も、それぞれにうまいし、熱燗（あつかん）にも合う。

麺（めん）もとりどりに出る。

親子がかりの日には、うどんも打てる。普通のだしでも存分にうまいが、味噌煮込みうどんもいい。尾張の八丁味噌を使ったこくのあるうどんには、大ぶりの海老天をはじめとした具がふんだんに入る。

さっぱりとしたにゅうめんもいい。あたたかい素麵だ。

ことに、二幕目に呑んだあとの締めのにゅうめんは格別だ。だしのやさしさが五臓六腑にしみわたる。

具だくさんのけんちん汁ものどか屋の名物だが、冬場にはけんちんうどんやけんちん蕎麦も出る。炊き込みご飯などと合わせると、腹にもたまる膳になる。

今日の中食には、ほうとうを出した。

とろみのある平たい麵で、さまざまな具を入れて煮るとうまい。武州では醬油味、甲州ではもっぱら味噌仕立てだ。

今日は甲州の味噌味にした。

甘みのある南瓜も入った具だくさんのほうとうに茶飯。それに、刺身と小鉢がついたにぎやかな膳は好評のうちに売り切れた。

二幕目に入ると、打ち合わせを兼ねて四人の常連がやってきた。

小伝馬町の書肆、灯屋のあるじの幸右衛門、狂歌師の目出鯛三、絵師の吉市、それに、戯作者の二代目為永春水だ。

「元の紙はだいぶたまってきましたよ」

千吉が厨で手を動かしながら言った。

「それはありがたいです。『料理春秋』は正続ともに千部出ましたので、次もぜひともよろしゅうに」

幸右衛門がそれとなく目出鯛三のほうを見た。

「まあ、追い追いに」

狂歌師はいくらかいなすように答えた。

「紙はどんどん増やしますので」

と、千吉。

「頼もしいですね」

灯屋のあるじが笑みを浮かべた。

これまで二冊出した『料理春秋』は好評を博し、いずれものどか屋で千部振舞の宴が行われた。書物が千部出れば、一族郎党を集めて祝いの宴を催すのが習いだ。

千吉が料理のつくり方を記した元の紙をしたため、目出鯛三が読みやすいように仕上げていく。

正篇の『料理春秋』では、季節ごとのおもだった料理を紹介した。続篇の『続料理春秋』では、煮る、焼く、揚げる、蒸すの調理法にしたがった分け方を採用した。

三冊目の『続々料理春秋』では、季節ごとの膳立てを紹介することになった。いままでは単品の料理だったが、今度は膳だ。これなら、正月や節句の料理、さらに、弁当などにも紙幅を費やすことができる。

「気を入れて描きますよ」

絵師の吉市が白い歯を見せた。

「吉岡春宵先生も、早指南本を順調に進めてくださっているようですから、目出鯛三先生もどうかよしなに」

灯屋のあるじがそう言って酒をついだ。

元人情本作者の吉岡春宵は、のどか屋とも縁が深い人物だ。いまは本所でおようの義父に当たるつまみかんざしづくりの親方の大三郎のもとで修業を積んでいる。もうひとかどの腕だ。

そのかたわら、昔取った杵柄で、文筆の才を活かし、早指南本の執筆にも励んでいる。好評を博した『本所深川早指南』に続いて『両国早指南』も上梓に至り、いまは次の本を執筆している。

「江戸の四宿の早指南は、『品川早指南』の次の『千住早指南』で難渋しておりましてな。なかなか取材にも行けぬもので」

目出鯛三はやや苦そうに猪口の酒を呑み干した。

ここで肴が出た。

「お待たせいたしました。寒鰤の照り焼きでございます」

おちよが皿をていねいに下から出した。

皿は下から出さなければならない。どうだ、食えとばかりに、間違っても上から出してはならない。おちよの父で時吉の料理の師でもある長吉の教えだ。のどか屋の面々はみなその教えを忠実に守っている。

「ただの鰤から、もう寒鰤に」

千吉が厨から言った。

「そのうち、寒づくしになりますね」

幸右衛門が笑みを浮かべた。

「寒鰤、寒鯔（かんぼら）、寒鰈（かんがれい）……」

おひなとお手玉で遊びながら、おようが言った。

こゆきと雪之丞の親子も、ひょいひょいと前足を伸ばしてお手玉を取ろうとする。

「かんぶり、かんぼら……」

おひなが母の真似をする。

「寒鰈ね」

「かんがれい」

「よく言えたね」

おようが笑みを浮かべた。

「ところで、江戸四宿の早指南ですが、板橋宿でしたらわたしでも書けるかと」

二代目為永春水がそう言って、こんがりと焼けた寒鰤の照り焼きの身を口中に投じ入れた。

「さようですか。目出鯛三先生がよろしければ、ぜひお願いしたいところです」

灯屋のあるじが身を乗り出した。

「よろしいも何も、手が回っていなかったので」

目出鯛三は渡りに船とばかりに言った。

「さようですか。次の戯作の舞台が板橋宿でいくたびも足を運んでいるもので、『板橋早指南』でしたら書けそうです」

二代目為永春水が笑みを浮かべた。

『春色梅児誉美』で有名な先代の名を襲った戯作者だ。

「では、戯作と早指南物、二冊頂戴できれば、うちとしては万々歳で」

灯屋のあるじが恵比寿顔で言った。

「気張って書きますので」

二代目為永春水が頭を下げた。

「一つ肩の荷が下りたので、『続々料理春秋』にも手が回りそうですね」

目出鯛三がそう言って、たれがよくからんだ寒鰤の照り焼きを口中に投じ入れた。

「ぜひともよしなに」

幸右衛門が上機嫌で次の酒をついだ。

四

さらに時が進み、師走になった。

浅草の福井町から、長吉が久々に孫と曾孫の顔を見にやってきた。

齢を重ねているが、かつては弟子たちの見世をたずねて津々浦々を旅していた健脚の持ち主だ。むやみに遠出はできなくなったと愚痴こそこぼしているが、古参の料理人はまだまだ達者そうだった。

「このあいだ、けんちん汁の具の豆腐を切ってもらったんで」

千吉がそう言って、万吉を手で示した。

「そうかい。偉(えれ)えな」

古参の料理人の目尻にいくつもしわが寄った。

「とんとんしたよ」

五つのわらべは包丁を動かすしぐさをした。

「そのうち、ほかのものも切らせてみようかと」

と、千吉。

「そりゃ楽しみだ」

長吉は笑みを浮かべた。

おひなはふくとろくに猫じゃらしを振っている。こちらはまだ三つだから、機嫌よく遊んでいるばかりだ。

「出がけに気の悪いものを見ちまったが、みなの顔を見てすっとしたぜ」

古参の料理人が言った。

「気の悪いものって？」

おちよが父に問うた。

「浅草寺にお参りしてから来たんだが、妙ちくりんな行者みてえな恰好をしたやつがいて、来年は続けざまに災いが起きる、ついては、霊験あらたかなこの魔除けの御札を買っておくべし、とか何とかうめえことを言って、馬鹿にならねえ値のやつを売りさばいていやがってよう」

長吉は苦々しげに答えた。

「まあ、人の弱みにつけこんだあきないを」

おちよが眉をひそめた。

「その御札が次々に売れてるんだから情けねえ」

長吉はそう言って、猪口の酒を呑み干した。

「続けざまに災いが……」

厨で手を動かしながら、千吉がぽつりと言った。

勘ばたらきというわけではないが、ふと嫌な感じが走ったのだ。

「おう、肴はまだか」

長吉が声をかけた。

「はい、ただいま」

千吉は我に返って肴を仕上げた。

浅蜊(あさり)の辛子酢味噌和えだ。

浅蜊をほどよく蒸し、出す直前に辛子酢味噌で和える。青葱と人参を加え、紅生姜を添えれば彩りもよくなる。

長吉の舌にかなうかどうか、千吉は緊張の面持ちで見守っていた。

「ちょうどいい塩梅(あんばい)だ」

古参の料理人が笑みを浮かべた。

その顔を見て、のどか屋の二代目が表情をやわらげた。

五

時はさらに移ろい、あっという間に新年になった。

弘化(こうか)三年(一八四六)だ。

のどか屋の小料理屋のほうは、三が日は休みだ。

さりながら、旅籠のほうは変わらず営んでいる。江戸見物にやってくる泊まり客がいるから、正月はむしろ書き入れ時だ。さまざまなお国訛(なま)りの客がのどか屋ののれんをくぐり、名物の豆腐飯の朝膳に舌鼓(したつづみ)を打つ。

二日には、常連がにぎやかにやってきた。

越中富山の薬売り衆だ。

「ご無沙汰だっちゃ」

かしらの孫助が右手を挙げた。

「今年もよろしゅうに」

弟子の吉蔵が頭を下げる。

「絵紙をたくさん持ってきたっちゃ」

いちばん若い信平が包みを解いた。

「わあ、きれい」

中から現れたものを見て、おひなが声をあげた。

年が明けて四つになった。

当時は数えだから、大晦日に生まれた子は一日寝るだけで二つになったりする。おひなは三月生まれなので、満ならあとひと月で三歳になる。言葉も増えて、だいぶしっかりしてきた。

「取り放題だっちゃ」

孫助が笑顔で言った。

　越中富山の薬売りは、土産を得意先にまめに渡していた。とくに喜ばれたのが、絵紙と呼ばれる売薬版画だ。名所の景色からおとぎ話や芝居やさまざまな神様まで、蒐めだしたらきりがないほど数がある。

「おいらは風神で。半年前は雷神だったから」

　万吉が大きな白い袋を背負った風神の絵紙を手に取った。

「よく憶えてるっちゃ、三代目」

　吉蔵が白い歯を見せた。

　薬売り衆はおおよそ半年に一度のわりで江戸へあきないに来る。船が遅れたり、荷主の都合で早まったりすることもあるから、正月に来るとはかぎらない。

「おひなはどれをもらう？」

　おようがたずねた。

「んーと……これ」

　おひなが選んだのは猫の絵紙だった。

「うちにもいっぱいいるよ」

　座敷でくつろいでいる二代目のどかとこゆきを見て、おようが言った。

「でも、猫がいいっちゃ」

「いくらでも持っていきな」

気のいい薬売り衆が言った。

「うんっ」

おひなは花のような笑顔になった。

六

二幕目にはお忍びの藩主が来た。

「御役がついて一年遅れたが、どうやら今秋にはまた国元へ戻ることになりそうだ」

筒堂出羽守良友(つつどうでわのかみよしとも)がそう言って、正月の縁起物の田作りに箸を伸ばした。

「まあ、さようですか、筒井さま」

おちよが言った。

大和梨川藩主は、お忍びの際には筒井堂之進(どうのしん)と名乗る。

「それはそれは、ご苦労さまでございます」

時吉が労をねぎらった。

今日は親子がかりで、海老がふんだんに入った「正月焼き飯」を供して好評を博した。お忍びの藩主もいたく上機嫌で味わっていた。

「国元へ帰れば、また馬を駆り、領民たちと語らったり、飯を食ったりすることができるからな」

お忍びの藩主が白い歯を見せた。

苛斂誅求とは無縁の藩主だ。領民たちと分け隔てなく交わって親しまれている。のどか屋名物の豆腐飯を国元に伝えたのもこの快男児だ。

「民も喜びましょう」

かつては大和梨川藩の禄を食んでいた時吉が言った。

「参勤交代でしたら……」

厨の千吉が、少し迷ってから続けた。

「もし都合がついたらの話ですが、『諸国料理春秋』の下調べを兼ねてわたしも行ってみたいかも」

のどか屋の二代目が言った。

『料理春秋』は各巻千部が出る大好評で、目下は三巻目の元の紙をつくっているが、それとはべつに諸国の料理を紹介した書物もどうかと水を向けられていた。

「おう、それは大歓迎だ」

筒堂出羽守がすぐさま言った。

「でも、お見世はどうするの？」

おひなと歌留多（かるた）で遊んでいたおようがたずねた。

万吉は朋輩（ほうばい）とともに外で遊んでいる。ときおり元気のいい声が響く。

「おれが戻れるかもしれない」

時吉が言った。

「師匠がのどか屋に？」

千吉の顔に驚きの色が浮かんだ。

「そうだ。弟子がずいぶん育ってきて、花板（はないた）の当たりもついてきた。おれはもう教えることがだんだんなくなってきたくらいだ」

時吉は笑みを浮かべた。

「おとっつぁんはどう言ってるの？」

おちよがたずねた。

「まだ話はしていないが、千吉の留守を埋めると言えば、駄目だとは言わないだろう」

時吉は答えた。

「では、戻ってきてからはどうなるのでしょう?」

今度はおようが問うた。

「それはまあそのときの相談で。いずれにしても、長吉屋に詰める時は短くなるだろう」

時吉は答えた。

「いっそのこと、もう一軒、のどか屋の出見世をつくってみたらどうだ」

筒井堂之進と名乗る男がそう言って、つややかな黒豆を口中に投じ入れた。

「いや、さすがにそれは」

時吉が首をかしげた。

「もう一軒は厳しいかと」

千吉も言う。

「まあ戯れ言だ。何にせよ、今年も一年、つつがなく過ごしたきものだな」

お忍びの藩主はそう言うと、今度は数の子に箸を伸ばした。

「ほんとに、そうでございますね」

おちよがしみじみと言った。

そのとき……。

のどか屋の大おかみの表情が微妙に変わった。
心の中に、黒い群雲のごときものがだしぬけに浮かんだのだ。
おちよの鋭い勘ばたらきには定評がある。
このたびも、思い過ごしではなかった。
江戸に変事が起きたのは、正月の十五日のことだった。

第四章　半鐘（はんしょう）の音

一

　もう日はだいぶ西に傾いていた。

　のどか屋の一枚板の席には、隠居の季川と元締めの信兵衛が陣取っていた。

　隠居は按摩の良庵の療治をひとしきり受けたあとだから、さっぱりした顔をしている。

　今日は千吉だけの厨だ。ちょうどいま揚げ出し豆腐を出したところだ。

「だしにこくがあって、うまいね」

　少し味わった季川が言った。

「豆腐飯だけじゃありませんな、のどか屋の豆腐料理は」

元締めが笑みを浮かべる。

「田楽だってありますから」

千吉が厨から言った。

「そうだね。ところで、牛蒡に毒があるっていう話はどうなんだい。わたしはいままでたくさん食べてきたんだが」

隠居が言った。

「だったら、俗説でしょう。むしろ長生きのためになる食べ物で」

元締めがそう言って、揚げ出し豆腐を口中に投じ入れた。

「清斎先生だったら、一笑に付されるかもしれませんね」

おちよが言った。

青葉清斎はのどか屋ゆかりの本道（内科）の医者で、時吉に薬膳を教えた人物だ。

「はは、そうかもしれないね。何にせよ、人騒がせなことで」

隠居の白い眉がやんわりと下がった。

正月の三が日には、江戸じゅうに妙な説が広がった。

牛蒡には毒がある。

決して食してはならない。

まことしやかにそうささやかれたものだから、おせちに入っていたたたき牛蒡はすべて捨てられる羽目になった。

「そういった俗説が急に広がることはありますものね」

おひなとお手玉で遊んでいたおようが言う。

娘ばかりでなく、猫たちにもお手玉は人気だ。

それを聞いて、おちよがふと胸に手をやった。

急に広がるのが俗説ならいいけれど……。

また勘ばたらきがあったのだ。

次の刹那——。

声が響いてきた。

「千ちゃん、千ちゃん!」

大松屋の升造の声だ。

「升ちゃんだ」

千吉が厨を出た。

竹馬の友が息せき切って駆けこんできた。

「半鐘が鳴ってる。火事だ」

升造が急を告げた。

二

「火事だって？」

千吉が驚いて問うた。

「まだ遠いけど、火事だ」

大松屋の二代目は切迫した口調で答えた。

「見てこよう」

千吉が表に飛び出そうとした。

「火を落としてからよ、千吉」

おちよがぴしゃりと言った。

「あっ、そうだ」

千吉は足を止めた。

「おいらが見てくる」

升造が右手を挙げた。

「わたしも行こう。風向きを見ないと」

元締めが引き締まった表情で言った。

「大丈夫よ。こっちには来ないから」

べそをかきそうになっているおひなに向かって、おようが言った。

四つになったばかりの娘がこくりとうなずく。

「正月早々から難儀なことだ」

隠居の眉が曇った。

千吉は大急ぎで厨の火を落とした。のれんもしまわれる。

「火事だって？」

泊まり客も出てきた。

「まだ遠いので」

と、おちよ。

「落ち着いてくださいまし。いま様子を見てきます」

客に向かって言うと、千吉は表に出た。

半鐘の音はたしかに聞こえた。


カンカン、カンカン……


急を告げる音だ。

「小石川のほうだって、千ちゃん」

升造が大声で言った。

「小石川から火が」

千吉は空を見上げた。

「風はよくないな」

元締めが言った。

千吉は手をかざした。

かなり強い風が吹いている。

逆の風向きなら、小石川から出た火は人の少ない雑司ヶ谷のほうへ向かうのだが、この風にあおられたら江戸じゅうが焼けかねない。

「万吉、戻れ」

千吉が身ぶりをまじえた。

「おとう」

半べそをかきながら、万吉が戻ってきた。

「どこへも行っちゃ駄目だぞ」

千吉が厳しい表情で言った。

「うんっ」

六つになった三代目がうなずいた。

ここで人影が見えた。

急ぎ足でのどか屋に戻ってきたのは、時吉だった。

三

「おまえさん、火事が」

おちよが切迫した口調で言った。

「落ち着け。この風向きなら、火の筋にはかかるまい」

時吉は手をかざした。

「お客さんを逃がすのは」

千吉がたずねた。

「かえって危ない。もう少し様子見だ」

時吉は厳しい顔つきで答えた。

「消えてくれればいいけど」

おちよが案じ顔で言った。

「この風だから、それは無理だろう。海のほうまで行くかもしれない」

時吉は暗くなってきた空を見上げた。


カンカンカンカン、カンカンカンカン……


さらに半鐘が鳴る。

さきほどより高く聞こえた。

「とにかく、神頼みを」

おちよが動いた。

向かったのは、のどか屋の横手ののどか地蔵だった。のどか屋の守り神だった初代のどかを祀(まつ)る小さな祠(ほこら)だ。手っ取り早く神頼みができるのはそこしかない。

「ともかく、落ち着いていけ。旅籠の者が浮き足立ったらお客さんにも伝わるからな」

時吉が二代目に言った。

「承知で」

千吉は気の入った声を発した。

のどか地蔵の前で、おちよは両手を合わせた。

どうか火にかかりませんように。

また燃えたりしませんように……。

おちよの祈りは切実だった。

のどか屋は二度にわたって焼け出されている。

初めは神田三河町だ。文政(ぶんせい)七年（一八二四）二月、角の茶漬け屋から出た火が燃え広がり、のどか屋も巻きこまれてしまった。

二度目は岩本町だ。

五年後の文政十二年（一八二九）の大火で、またしても焼け出されてしまった。ここ横山町に移ってからは幸いにも無事だが、江戸に住んでいるかぎり、火事の恐れからは逃れられない。

おちよはさらに祈った。


火が早く消えますように。

あまり広がりませんように。

人死にが出ませんように……。


そう祈らずにはいられなかった。

のどか屋にゆかりの人も、かつて大火で命を落とした。

大橋季川と並ぶ常連だった、竜閑町（りゅうかんちょう）の醤油酢問屋安房屋（あわや）の辰蔵（たつぞう）もそうだ。岩本町の大火では、人情家主の源兵衛（げんべえ）などが亡くなった。

大火になれば、多くの人が落命する。その身内や知り合いが嘆き悲しむことになる。

「みゃあ」

なき声が聞こえた。

見ると、ふくとろくがおちよを見上げていた。

「さ、帰りましょう。遠くへ行ったら駄目よ」

おちよは猫たちに言った。

ふと思い出す。

神田三河町の大火のあと、はぐれてしまった初代のどかと出世不動で再会した。もうずいぶん前なのに、あのときのことがありありと思い出されてきて胸が詰まった。

「そろそろ戻れ。お客さんに説明する」

時吉が声をかけた。

「はい、ただいま」

おちよは答えた。

「さ、帰るよ」

猫たちに言う。

おちよが動くと、ふくとろくも殊勝（しゅしょう）についてきた。

四

半鐘は遅くまで鳴りつづけた。

「風が弱まってきたな」

まだ表に出ていた時吉が言った。

「もう飛び火は大丈夫そうね」

おちよが言った。

「海のほうまで燃えてしまったと思うが、これから飛び火はしないだろう」

空の色を見て、時吉が答えた。

客は落ち着いたようだが、通りはまだあわただしかった。念のために大八車に家財道具を積んで、安全な場所へ逃げようとしている者もいる。

ややあって、千吉が戻ってきた。

おようと二人の子は長屋に戻っている。そちらのほうへ火の手が向かう恐れはもうなくなった。

「鉄砲洲のほうまで燃えたとか」

千吉が口早に告げた。

「そうか。やはりな」

時吉は苦々しげな顔つきになった。

「千ちゃん！」

声が飛んだ。

大松屋の升造だ。

「ああ、升ちゃん、こちらは大丈夫そうだね」

千吉は答えた。

「日本橋(にほんばし)も燃えたそうだよ。大変だ」

千吉の竹馬の友が言った。

「じゃあ、だいぶ焼け出されるな」

のどか屋の二代目が案じ顔で答える。

ここで元締めが姿を現わした。

「ほかの旅籠は大丈夫だった。ことに浅草は遠いからね」

信兵衛がほっとしたように言った。

「それはひと安心で」

長吉屋の花板をつとめている時吉の顔に安堵の色が浮かんだ。

「おとっつぁんもご隠居さんも無事で何より」

おちよが胸に手をやった。

「ただし、ずいぶんほうぼうやられたようだね。昌平坂の学問所も燃えてしまったらしい」

元締めが伝えた。

「あっちのほうから鉄砲洲まで火の帯が走ったんだな」

升造が空を手で示した。

「人死にが少なければいいんだが」

時吉が言う。

「これからが大変ね」

と、おちよ。

「だったら」

千吉は両手を一つ打ち合わせてから続けた。

「お助け屋台を出そうかと思う。せっかく屋台をきれいに直したんだし」

のどか屋の二代目が乗り気で言った。

「ああ、それはいいかも」

おちよがすぐさま言った。

「ただし、お上（かみ）もお救い小屋を出すと思う。どこかへ話を通したほうがいいな」

時吉が言った。

「だったら、平ちゃんが来たら、話をしてみますよ、師匠」

千吉は答えた。

江戸が縄張りの万年同心はそのうち顔を出すだろう。

「のどか屋はどうするんだい？」

元締めがたずねた。

「長吉屋の若い者が育ってきたとはいえ、ずっとこちらに詰めるのはまだ早い」

と、時吉。

「だったら、中食までやって、二幕目にお助け屋台を出すことに」

千吉は引き締まった表情で言った。

「ああ、それならできるわね。いまのところ大きな宴は入っていないし。簡単な肴なら、干物をあぶったりしてわたしでも出せるから」

おちよが笑みを浮かべた。

「おいらもできるだけ助けるよ」

升造が白い歯を見せた。

「ああ、気張っていこう、升ちゃん」

千吉が帯を一つぽんとたたいた。

五

半鐘の音がようやく止んだ。

空を染めていた不気味な火の色も消えた。

ただし、のどか屋の前の通りは静まってはいなかった。

日本橋から江戸橋（えどばし）にかけて、恐ろしい火の帯が通りすぎていった。

命からがら逃げ出してきた者は、一夜の宿を求めて横山町にもやってきた。

「相部屋でよろしければ、あと少し入れます」

大松屋の升造の声が響いてきた。

「こちらは、部屋は一杯ですが、お粥の炊き出しをしております。どうぞお召し上がりください」

千吉が負けじと言った。

「お代は要りません。いくらでもどうぞ」

時吉も言う。

「おう、一杯くんな」

荷車を引いた男が足を止めた。

うしろには家族とおぼしい者たちがいる。

「承知で」

おちよの手が動いた。

炊いたのは甘藷粥だ。

疲れているだろうから、いつもより塩気をきつめにした。湯気を立てているお粥が焼け出された人たちにふるまわれる。

のどか屋の三人は手分けして甘藷粥をふるまった。

「いままででいちばんうめえお粥を食ったぜ」

荷車をのどか屋の前に止めた男が感慨深げに言った。

「ほんと、おいしい」

その女房とおぼしい女が涙声で言う。

「どちらまで？」

時吉がたずねた。

「今戸(いまど)に伯父がいるんで、そこを頼って行こうと」

男はそう答えて、また甘藷粥を啜った。

乳呑み子とまだ小さいわらべもいた。これから今戸まで行くのは難儀だが、あいにく泊められるところはもうない。

「お粥を食べるかい？」

千吉がわらべに問うた。

「まだだいぶ歩くから、何か胃の腑に入れておけ」

父親が言った。

わらべがうなずく。

そんなわけで、さらに甘藷粥がふるまわれた。

かなり時はかかったが、わらべは一杯の粥を食べ終えた。

「これでもう大丈夫だよ。気張ってね」

千吉が励ましの声をかけた。

「うん」

わらべの表情がようやくやわらいだ。

六

その後も炊き出しが続いた。

なかには着の身着のままで逃げてきて、家族と離ればなれになってしまった者もいた。お粥もなかなかのどを通らない様子だ。

「きっと見つかります。気張ってくださいまし」

おちよはそう言って励ました。

過去に二度にわたって焼け出されたときのことがありありと思い出されてきた。他人事とは思えない。

そうこうしているうちに、万年同心が顔を見せた。

「あっ、平ちゃん」

千吉の表情が晴れる。

「おっ、やってるな、二代目」

足早に近づいてきた万年同心が言った。

「もうそろそろ終いだよ。明日はあらためて仕込まないと」

千吉が答えた。

「なら、中食はやめて、甘藷粥のふるまいにするか」

時吉が炊き出しの手を止めて訊いた。

「たしかに、のんびり中食っていう雲行きじゃないかも」

と、千吉。

「だったら、そうしましょう。中食は落ち着いてからまたやればいいので」

おちよが言った。

「気張ってやってくんな。一杯の粥で救われる命もあるからな」

万年同心が引き締まった顔つきで言った。

「承知で」

おちよがいい声で答えた。

「そのうち屋台も出すからね、平ちゃん」

残り少なくなった粥をふるまいながら、千吉が言った。

「おう、そりゃ頼む」

万年同心がさっと右手を挙げた。

「お上からもお救い小屋などが出ると思うので、まぎらわしくないようにしなければと」

時吉が言った。

「それなら、十手を帯に差して行けばいいだろう」

万年同心が軽く両手を打ち合わせた。

「ああ、十手を」

千吉はうなずいた。

いつもは神棚に飾ってある十手だ。悪党どもを捕まえるのに貢献した時吉と千吉へのほうびとして与えられた「親子の十手」の房飾りの色は、初代のどかから続く猫の毛色にちなむ明るい茶色だ。

「あの十手は町方じゃなくてうちのものだが、まあお上に違いはねえ。何か言われたら、お上の了解を取って屋台を出してるって答えてくれ」

万年同心は渋く笑った。

「分かったよ、平ちゃん。仕込みができたら、二幕目に引いて行くよ」

千吉は身ぶりをまじえた。

「頼むぜ、千坊」

万年同心が肩をぽんとたたいた。

第五章　甘藷粥とにぎり飯

一

翌日——。

のどか屋の前にこんな貼り紙が出た。

けふの中食は、たきだしのためお休みです

火事で焼け出されて難儀をされてゐる方に、かんしょがゆとおにぎりをふるまひます

お代はいりません

召し上がって精をつけてくださいまし

「あっ、休みだぜ」

「なんでえ、あてにして来たのによう」

揃いの半纏の左官衆が言う。

「んなことを言っちゃいけねえ。焼け出されて難儀をしてる人たちへの炊き出しじゃねえか」

親方がたしなめた。

「へえ」

「そりゃそうですな」

左官衆はすぐさま態度を改めた。

おけいとおとき、二人の手伝いも今日は両国橋の西詰へ向かわず、炊き出しの手伝いをしていた。旅籠の呼び込みより、昨夜の火事で焼け出されてしまった人たちへのふるまいのほうが先だ。

そもそも、相部屋になるが、なるたけ多くの焼け出された人を泊めたので、空いている部屋は一つもない。ほかの旅籠もみな同じだろう。

「あたたかい甘藷粥をお出ししています」

おけいが通りに声をかけた。

「焼け出された方にはお代なしで」

おときも和す。

「おにぎりもありますよ」

千吉が声を張りあげた。

「昆布と梅干しの二種で」

おようが指を二本立てた。

「どうぞ召し上がっていってくださいまし」

おちよが身ぶりをまじえた。

時吉は長吉屋があるため不在だが、早めに戻ることになっている。そうしたら、千吉が屋台を運んで甘藷粥をふるまうという段取りになっていた。

旅籠町の横山町に泊まっていた焼け出された人々が、一人また一人と炊き出しの列に加わった。

なかには沈痛な面持ちで、甘藷粥を食すなり涙を流す人もいた。

身内とはぐれたのか、あるいは亡くなってしまったのか、のどか屋の面々がわけを問うことはなかった。

この一杯のお粥が、あるいはおにぎりが、せめてものなぐさめになりますように……。

そう願わざるをえなかった。

炊き出しの列は、ややあってようやく短くなった。

二

「おう、甘藷を運んできたぜ」

大きな嚢（ふくろ）をかついだ男が言った。

野菜の棒手振りの富八だ。

「ああ、そろそろ尽きそうなところだったんで」

千吉が笑みを浮かべた。

「そうかい。たんとつくって、ふるまってくんな」

気のいい男が言った。

「ありがたく存じます、富八さん。今日は寅次さんは?」

おちよが訊いた。

御神酒徳利の片割れの姿が見えない。

「焼け出された人はお代なしで湯屋へ入れてるからよ。そっちのほうで忙しいんで」

富八が伝えた。

「まあ、それはいいことで」

おちよが笑みを浮かべた。

「『小菊』じゃにぎり飯をふるまってるから、親子で気張ってるぜ」

小菊は細工寿司の名店で、おにぎりもうまい。おかみは寅次の娘のおとせ、あるじは時吉の弟子の吉太郎(きちたろう)だ。

「うちも負けないようにしないと」

千吉が二の腕をたたいた。

富八が帰ったあと、千吉はさっそく大鍋で甘藷粥を炊いた。

屋台のほうは、もう準備万端だ。ただし、どこに出すか、まだ決まってはいなかった。そのあたりは時吉が戻ってきてからの相談だ。

火事の話はだんだんに伝わってきた。

日本橋から鉄砲洲まで焼けた火事では、八百人あまりの人死にが出たらしい。風にあおられた火の勢いが強く、逃げ切れなかった者が多数出てしまったようだ。

お上のお救い小屋は早くも開かれ、炊き出しが始まった。江戸はこれまでに何度も大火に見舞われてきたが、そのたびに力を合わせて立て直してきた。

江戸は負けず。

これがここで生きる者たちの心意気だ。

ややあって、時吉が浅草の長吉屋から戻ってきた。

「甘藷粥を炊いたので、舌だめしを願います、師匠」

千吉が言った。

「おう、ご苦労さん」

せがれの労をねぎらってから、時吉はさっそく舌だめしをした。

甘藷粥を口中に投じ入れ、じっくりと味わう。

「もう少し塩を足したほうがいいだろう。焼け出されて難儀をした人には、塩気が何よりの助けになる」

時吉が言った。

「承知で」

のどか屋の二代目が腹から声を発した。

三

塩を足すと、味がぴりっと引き締まった。

「わたしも舌だめしを」

おちよが言った。

「お願いします」

千吉が小ぶりの碗を差し出した。

「……うん、おいしい」

おちよがうなずいた。

「これくらいのほうがいいだろう」

先に二度目の舌だめしを終えた時吉が言った。

「そうね。きっと疲れた身のためになってくれると思う」

おちよは引き締まった顔で答えた。

ここで揃いの半纏姿の男たちがやってきた。

よ組の火消し衆だ。

「おう、茶をくんな」

かしらの竹一が右手を挙げた。

「にぎり飯もありゃいいんだがな。見廻りの最中で」

纏持ちの梅次が言った。

「飯はまだあるか」

時吉が千吉に問うた。

「なんとか」

千吉は短く答えた。

「だったら、みなでつくりましょう」

と、おちよ。

「わたしもやります」

おようがすぐさま言った。

「おいらも」

元気よく手を挙げたのは、三代目の万吉だった。

「よし、おかあに教わって、気張ってつくれ」

千吉が父の顔で言った。

「うんっ」

万吉が元気のいい声を発した。

「偉えぞ」

「そのうち厨に立つな」

竜太と卯之吉、双子の火消しが白い歯を見せた。

のどか屋の手伝いをしていた江美と戸美、こちらも双子の姉妹をそれぞれ娶り、子もできて息災に暮らしている。

総出でにぎり飯をつくっているあいだに、このたびの大火の詳しい話を聞いた。いまのよ組の縄張りは、のどか屋がかつて焼け出された神田三河町を含む一帯だ。

横山町は縄張りではないが、昔のよしみで折にふれて通ってくれている。

このたびの大火は、縄張りが火の筋にはかからなかったが、八百人もの人死にが出て多くの人が焼け出されてしまった。人手はいくらあっても足りないほどだから、よ組の面々も火事場の片付けの助っ人としてひと気張りしてきたところだ。

「毎度のことながら、火事場はつれえな。このたびは片付けだけだが、それでもいろんな愁嘆場が目に入った」

かしらがおのれの目を指さした。

「これから甘藷粥のお助け屋台を出すつもりで」

にぎり飯をつくりながら、千吉が言った。

「おう、そりゃいいな」

と、竹一。

「さすがは二代目だ」

梅次が白い歯を見せた。

「どこへ出すんだい？」

竜太が問うた。

「焼け出された人が逃げていくとしたら、八辻ケ原あたりかなと」

千吉は答えた。

「あそこは火除け地があって広いからな」

卯之吉が言う。

「ちょうどいいと思うぜ。気張ってくんな」

よ組のかしらが言った。

「承知で」

千吉は気の入った表情で答えた。

四

みなで手分けしておにぎりをつくった。

具は昆布の佃煮とおかかと梅干しだ。

だしを引いたあとの昆布と鰹節(かつおぶし)は、おにぎりのいい具になる。

「だんだん良くなってきたぞ」

千吉がせがれの万吉に言った。

「うん」

六つのわらべがうなずく。

「焦らずにゆっくりやったらできるから」

手を動かしながら、おようが言った。

「うんっ」

万吉は元気よくうなずいた。

初めのうちは焦って不格好になってしまったり、具がはみだしたりしていた。しくじったものは、よ組の火消し衆が食べてくれた。

「おれらは腹がくちくなればいいからよ」

「見てくれは二の次だ」

気のいい火消し衆はそう言ってくれた。

「またできたよ」

万吉がおにぎりを示した。

「おう、いいな」

ちらりと見て、千吉が言った。

「よし、これくらいでいいだろう」

時吉が言った。

「そうね。お粥もあるから」

と、おちよ。

「なら、お助け屋台を出してきます」

千吉の顔つきが引き締まった。

「気張ってくんな。おれらはまた見廻りだから」

よ組のかしらが右手を挙げた。

「そちらも気張ってくださいまし」

おちよが笑みを浮かべた。

「のどか屋のにぎり飯を食ったら力が出てきた。ありがとよ」

纏持ちが帯をぽんとたたいた。

五

支度が整った。

千吉はお助け屋台を引いた。

粥の椀や匙などもあるから、かなりの重さだ。

「おれも行こう。一人じゃつらかろう」

時吉が言った。

「おいらも」

万吉まで小さな手を挙げた。

「おまえはおかあと一緒に残ってろ」

千吉がぴしゃりと言った。

「ふるまいは大人じゃないとできないからね。遊びじゃないから」

おようもすぐさま言ったから、万吉は残念そうにうなずいた。

「では、行きましょう、師匠」

千吉が言った。

お助け屋台が動く。

「おう。途中で代わってやる」

時吉が続いた。

おちよが送り出した。

「行ってらっしゃい。気をつけて」

旅籠の客がいるから、おちよとおようはのどか屋に詰める。

「行ってらっしゃいって」

おようがおひなとともに見送った。

「いい子にしてろ」

千吉が笑みを浮かべた。

提灯に火が入った。

の、と記された赤い提灯が屋台の先で揺れる。

「この風なら火を熾せそうだな」

時吉が言った。

「あたたかいお粥をふるまいたいので」

屋台を引いて歩きながら、千吉が答えた。

途中で交代し、八辻ヶ原を目指す。

提灯の灯りがだんだん濃くなってきた頃合いに、目指す火除け地に着いた。

「このあたりなら邪魔にならないだろう」

時吉が足を止めた。

「なら、ここで」

千吉が手で示した。

「おう」

時吉は慎重に屋台を止めた。

六

火を熾し、甘藷粥をあたためているあいだに、おにぎりをふるまった。

「数にかぎりがございます。お一人様二つまででお願いします」

千吉が声を張り上げた。

「おう、ありがてえ」

「これから巣鴨（すがも）の身内を頼っていくところでな」

大きな嚢を背負った男たちがさっそく手を伸ばした。

「おなかがすいていたので助かります」

赤子を抱いた女が言った。

聞けば、これから本郷（ほんごう）のはずれの親元を頼っていくらしい。ほかの家族がどうなったのか、千吉はあえてたずねなかった。

御城から上野（うえの）の寛永寺（かんえいじ）に向かう御成道（おなりみち）と、日本橋から本郷のほうへ続く中山道（なかせんどう）。二つの筋が交差するところに、さらに幾筋もの道が合わさっているのが八辻ヶ原だ。ここからさまざまな場所へ向かうことができる。

「どんどん召し上がってくださいまし」

千吉が声をかけた。

「そろそろ甘藷粥があたたまりますので」

時吉も和した。

ここで、聞き覚えのある声が響いた。

「おう、やってるな」

まだ薄い闇の中から人影が現れた。

「あっ、平ちゃん」

千吉の声が弾んだ。

のどか屋のお助け屋台に姿を見せたのは、万年同心だった。

「いまから粥をふるまうところで」

時吉が言った。

「ご苦労さんで。なら、列をつくってもらおう」

万年同心は両手をぱんと一つ打ち合わせた。

「ここから順に並んでくれ。いまから始めるので、粥はたんとあるからな」

甘藷粥の香りに誘われてやってきた者たちに向かって言う。

「順によそってお渡ししますので」

と、時吉。

「身の養いになる甘藷粥ですよー」

千吉が声を張り上げた。

「おにぎりもあります」

時吉が言った。

「のどか屋の粥とにぎり飯を食ったら、もう大丈夫だ。いくらでも難儀を乗り越えられるぞ」

万年同心が励ましの声をかける。

大火で難儀をした者たちに、心づくしの甘藷粥とおにぎりがふるまわれた。

「ああ、五臓六腑にしみわたるな」

甘藷粥を胃の腑に落とした男がしみじみと言った。

「いままで生きてきて、いちばんうめえ粥を食った」

その弟とおぼしい男が感激の面持ちで言った。

荷車に家財道具を詰め込み、これから中山道を板橋宿のほうへ進んでいくようだ。

「はい、どんどん進みな」

万年同心が列に声をかけた。

老若男女、さまざまな者たちがのどか屋のお助け屋台にやってきた。

甘藷粥とおにぎりを胃の腑に入れ、また思い思いの場所へ向かっていく。

そのなかに、一人気がかりな者がいた。
十三、四とおぼしい娘だ。
列に並んでいるときから、すでに泣き顔だった。

甘藷粥を受け取り、いくらか離れたところで匙を動かす。

半ば（なか）ほど食べたところで、娘は匙を止めた。

そして、またぽろぽろ涙をこぼしだした。

「おう、どうした？」

その様子を見た万年同心が声をかけた。

初めのうち娘の返事ははかばかしくなかったが、ようやくいきさつが分かった。

昨夜の大火で、木挽町（こびきちょう）の裏店（うらだな）の住まいから着の身着のままに逃げた。

途中で親きょうだいとはぐれてしまった。いまはどうしているか分からない。

どこをどうたどったか分からない、とにもかくにも火の手から逃れ、お上のお救い小屋に並んでにぎり飯をもらった。茶も呑んで、やっと人心地がついた。

千住に親族がいるから、そこまで行こうとしたが、なにぶん一睡もしていない。足も痛む。親きょうだいが気がかりで、おのれだけ助かったのかもしれないと思うと、あとからあとから涙があふれてきた。

ざっとそんないきさつだった。

「なら、ひとまずうちに泊まってもらおう」

時吉が言った。

「そうだな。それがいいや」

万年同心がすぐさま言った。

「今日はうちでゆっくり休んで」

なおもふるまいを続けながら、千吉が言った。

「ありがたく存じます」

娘はやっと弱々しい笑みを浮かべた。

第六章　寒鰤の照り焼き膳

一

「はい、甘藷粥もうすぐなくなります」

千吉の声が八辻ヶ原に響いた。

「後ろのほうの方、相済みません」

列に向かって、時吉が言った。

「なんでえ、せっかく並んだのによう」

「食いたかったぜ、甘藷粥」

不満の声があがった。

「相済みません。明日も出しますので」

手を動かしながら、千吉が言った。

「三日くらいか」

時吉が問う。

「そうですね。そのころにはもう片付けが終わり、早いところじゃ普請も始まるかと」

千吉は答えた。

大火に見舞われるたびに、江戸の人々はなにくそと歯を食いしばり、力を合わせて立て直してきた。

このたびも、ここからが力の出しどころだ。

「もう少しで終わるからな」

足が痛むようで、地べたに座っている娘に向かって、時吉が言った。

「はい」

娘が小さくうなずく。

万年同心は次の見廻りに行った。甘藷粥のふるまいにかぎりがあると聞いて、列も急に短くなった。

「こちらで終いです」

千吉が椀を渡した。

だいぶ疲れた顔の男が受け取り、匙を動かす。

何があったのかは分からない。

これからどうするのかも知らない。

お助け屋台の甘藷粥を胃の腑に落とすなり、男の目尻からほおにかけて、つ、とひとすじの水ならざるものがしたたり落ちていった。

それを見て、千吉も続けざまに瞬きをした。

二

娘の名はおてるだった。

歳は十三だ。

木挽町の裏店住まいで、父は左官、母は袋物の内職をしていた。

火が出たとき、父は外へ呑みにいっていた。

おてるは母とともに湯屋へ行った帰りだった。

半鐘がけたたましく鳴り、火の手が急に迫ってきた。

　あわてて逃げたが、途中で母とはぐれてしまった。

　おのれはどうにか助かったが、親がどうなったか分からない。娘の顔には憂色が濃かった。

「あともうちょっとだから」

　屋台を引いて歩きながら、千吉が言った。

　おてるがこくりとうなずく。

「泊まり部屋は埋まっているが、おれとちよの部屋に布団を敷いて寝ればいい」

　時吉が言った。

「そうですね。今夜はとにかくゆっくり寝ることで」

　と、千吉。

「相済みません」

　おてるが小さい声で言った。

「ひと晩寝て、ひと息ついたら、近くの旅籠の内湯につかればいいよ」

　軽くなった屋台を運びながら、千吉が言った。

　岩本町の湯屋と同じく、大松屋の内湯も焼け出された人に開放して喜ばれている。

「でも、わたしだけ……」

そこで言葉がとぎれた。

「はぐれただけで、きっと見つかるよ」

千吉がそう言って励ました。

「明日は貼り紙を出そう。親御さんに伝わるかもしれない」

時吉も言った。

「はい」

おてるは小さくうなずいた。

「そろそろ見えてくるよ」

千吉が張りのある声で言った。

ややあって、行く手にのどか屋の赤提灯が見えてきた。

三

翌朝――。

のどか屋の朝餉は、もちろん名物の豆腐飯だった。

泊まり客ばかりでなく、なじみの大工衆も来て大盛況だ。

「今日からもう普請場だからよ」

「いくら焼けたって建て直すぜ」

「おれらの力を見せてやる」

　大工衆は意気盛んだ。

「気張ってくださいまし」

　おちよが声をかけた。

「おう、まかしとけ」

「あっという間に元どおりだ」

「ここの豆腐飯を食ったら力が出るからよ」

　気のいい大工衆が口々に言った。

「これから小梅村まで歩くから、しっかり食べておけ」

　泊まり客がせがれに言った。

「うん。伯父さんのところへ行ったら、もう大丈夫だから」
　十二、三のせがれがそう答えて、豆腐飯の匙を動かした。
　焼け出されてのどか屋に泊まり、これから身内を頼っていくようだ。

　朝餉の場にはおてるの姿もあった。

教わったとおりに、豆腐飯を少しずつ感慨深げに食している。

「あとで貼り紙を出すからね」

時吉が言った。

「ありがたく存じます」

おてるは頭を下げると、少し間を置いてから味噌汁を啜った。

大根と葱と油揚げ。

それだけの合わせ味噌の汁だが、疲れた身にはしみわたる。

再び豆腐飯に戻る。

薬味の刻（きざ）み海苔（のり）を加え、ゆっくりまぜてから口中に運ぶ。

それを胃の腑に落とすと、おてるはほっと一つ息をついた。

「おいしいかい？」

手を動かしながら、千吉が問う。

「ええ」

おてるの表情がやっとやわらいだ。

「食べきったら元気が出ますよ」

おちよが笑みを浮かべた。

「はい」
おてるは一つうなずくと、また匙を動かしだした。

四

のどか屋の前にこんな貼り紙が出た。

けふより、また中食をはじめます

けふの中食
ぶりのてりやき
茶めし　けんちん汁
小ばち　香のもの
四十食かぎり　三十文

いつもはそれで終いだが、今日の貼り紙はもう一枚あった。

こう記されていた。

大火にて身内とはぐれし娘
おてる　十三歳
うちで預かつてゐます
木挽町に住まへる、父は左官
心あたりのある方はのどか屋まで

「おっ、同じ左官だな」

「木挽町か。うちの組にはいねえな」

揃いの半纏をまとった左官衆が貼り紙に目をとめて言った。

「まあ、とにかく食おうぜ」

「中で話を訊きゃあいい」

左官衆はつれだってのれんをくぐった。

「いらっしゃいまし」

おけいが真っ先に声をかけた。

「空いているお席にどうぞ」

おときも身ぶりをまじえる。

どちらも難を逃れ、今日から運び役に復帰だ。

「おう、また世話になるぜ」

「いい匂いだ」

「生きてまたのどか屋の飯を食えれば重畳よ」

「今日は座敷にするぜ」

「おう」

左官衆はどやどやと座敷に上がった。

運び役が一人増えていた。

おてるだ。

世話になったのに何もしないのは心苦しいと言うから、中食の膳を運んでもらうことにした。

「ゆっくり運んでね。落ち着いて」

おようが声をかけた。

「猫がちょろちょろするから気をつけて」

厨で手を動かしながら、千吉が言った。

今日の時吉は長吉屋だ。浅草から帰ってきたら、また千吉と一緒に八辻ヶ原へお助け屋台を出すことにしている。

「はい」

おてるは引き締まった表情で答えた。

「お待たせいたしました」

おけいがまず中食の膳を座敷に運んだ。

「おお、来た来た」

「うまそうだぜ」

左官衆がさっそく受け取る。

「寒鰤の照り焼き膳でございます」

おときも続く。

「……どうぞ」

少し遅れて、おてるも膳を渡した。

なにぶん初めてだから、まだちゃんと声が出ないし、手もいくらかふるえていた。

「おう、ありがとよ。貼り紙に書いてあったのはおめえさんかい？」

左官のかしらとおぼしい男がたずねた。

「はい……てると申します」

おてるは緊張気味に答えた。

「このたびは災難だったな」

と、かしら。

「はぐれただけで、きっと無事でいるぜ」

「そのうち見つかるさ」

箸を動かしながら、左官衆が言った。

「木挽町なら、知り合いがいる。おとっつぁんの名は何て言うんだい」

かしらが訊いた。

「卯三郎(うさぶろう)です」

おてるは答えた。

「今日はまだ片付けの手伝いだから、おいら、訊いてきましょうか」

若い衆の一人が手を挙げた。

「おう、それがいいな。向こうの左官衆も焼け跡の片付けに駆り出されてるだろう。うまくすりゃあ、すぐ糸がつながるぜ」

かしらが笑みを浮かべた。

「どうぞよろしゅうに」

おてるは涙目で頭を下げた。

五

中食は滞りなく売り切れた。

いつもなら、おけいとおときは両国橋の西詰に旅籠の呼び込みに出るのだが、今日は火事から難を逃れてきた人たちで泊まり部屋は一杯だから必要がない。

「夕方に師匠が戻ったらまた甘藷粥のお助け屋台を出すけど、それまでにおにぎりのふるまいをしようかと」

厨の後片付けをしながら、千吉が言った。

「ああ、いいわね」

おちよがすぐさま言った。

「だったら、手伝います」

と、おとき。

「さっそくやりましょう」

おけいが軽く二の腕をたたいた。

「わたしもお手伝いを」

おてるが手を挙げた。

「大丈夫？　疲れてない？」

おようが気遣った。

「ええ、大丈夫です」

おてるが笑みを浮かべた。

「なら、おにぎりづくりが終わったら大松屋さんの内湯へ」

おちよが言った。

「わたしが案内しますから」

およう が言う。

「遠慮することはないよ」

おにぎりづくりの支度をしながら、千吉が言った。

「承知しました」

少しためらってから、おてるは頭を下げた。

おにぎりづくりが始まったところで、元締めの信兵衛が顔を出した。

「おう、気張ってるね」

元締めが温顔で言った。

「三代目もやってます」

おようが万吉を手で示した。

背丈が足りないので踏み台を出してもらい、一つずつまじめな顔でおにぎりをつくっている。

「偉いな」

元締めが笑顔で言った。

おひなはまだ手伝いが無理だから、猫たちに猫じゃらしを振っていた。棒にくくりつけた色とりどりの紐(ひも)を狙って、猫たちが前足を伸ばす。

「貼り紙も出たから、親御さんはすぐ見つかるよ」

元締めはおてるに声をかけた。

「ありがたく存じます。祈ってます」

おてるは両手を合わせると、また飯に手を伸ばした。

六

「なら、行ってきます」

千吉が告げた。

今日は二度に分けてのお助け屋台だ。

まず手分けしてつくったおにぎりを八辻ヶ原に届ける。

「行ってらっしゃい」

おようが右手を挙げた。

「気をつけて」

おちよも和す。

「気張って、おとう」

万吉も声をかけた。

「おう」

千吉が笑顔で右手を挙げた。

「おひなと一緒にいい子にしていろ」

せがれに向かって言う。

「うんっ」

雪之丞をなでている妹のほうをちらりと見てから、万吉は元気よく答えた。

「なら、大松屋で疲れを取って」

千吉はおてるに言った。

「はい」

おてるは笑みを浮かべた。

のどか屋を出てほどなく、岩本町の御神酒徳利にばったり会った。

「おっ、何でえ、いまから行こうと思ったのによう」

湯屋のあるじが言った。

「八辻ヶ原でおにぎりのふるまいを」

千吉が答えた。

「そうかい。なら、手伝うぜ。つとめは終わったから」

気のいい野菜の棒手振りが言った。

「そうだな。のどか屋は逃げねえから」

寅次が笑みを浮かべた。

「三人がかりなら、あっという間で」

と、千吉。

「よし、ここはひと肌脱ぐとこだ」

富八が両手をぱんと打ち合わせた。

「そうだな。湯屋のあるじがひと肌脱いでやろう」

寅次が戯れ言まじりに言った。

こうして話がまとまり、三人は八辻ヶ原に向かった。

七

「おにぎりのふるまいに屋台は要らねえかと思ったが、そんなことはねえな」

湯屋のあるじが言った。

「遠くからでも目立ちますからね」

と、千吉。

「声をかけてりゃ気づくしと。……おう、にぎり飯のふるまいだぜ。早いもん勝ちだ」

富八がよく通る声で言った。

「おかかに昆布に梅干し。どれもただでふるまってます」

千吉も負けじと声を発した。

「くれるのかい」

だいぶ疲れた顔で、一人の男が歩み寄ってきた。

「はい、いくらでもどうぞ」

千吉が身ぶりをまじえた。

「わたしも一つ」

べつの女が手を伸ばす。

「どうぞ、召し上がってください」

千吉は笑みを浮かべた。

おにぎりは順調に減っていった。

どういういきさつがあるのか、いちいち訊いたりはしない。

助けになればそれでいい。

そんな思いで、千吉は一つずつおにぎりをふるまっていった。

「残りはもうちょっとだよ」

富八の声が響いた。

「のどか屋のにぎり飯を食ったら、身の底から力が湧いてくるからよ。家を焼かれたって、建て直しゃいいんだ」

寅次が励ますように言った。

「そうそう、江戸は負けず、で」

千吉も言う。

「なら、一つくんな。焼け出されちまってよ」

また手が伸びた。

「お好きなのをどうぞ。残ってるのは昆布と梅干しで」

千吉が答えた。

「こっちが昆布、こっちが梅干し」

富八が手で示した。

「なら、梅干しで」

焼け出された男は梅干しを選んだ。

「夜はまたここで甘藷粥のふるまいをします」

千吉が言った。

「二度のつとめ、大変だな」

寅次が労をねぎらう。

「ここが力の出しどきで」

千吉は二の腕をたたいた。

「ああ、梅干しがしみるぜ」

おにぎりを食した男が感慨深げに言った。

そのさまを見て、千吉は一つうなずいた。

八

「なら、今度はのどか屋へ行くからよ」

湯屋のあるじが右手を挙げた。

お助け屋台のおにぎりがきれいになくなり、みなで引き返すところだ。

「お待ちしています」

千吉が笑みを浮かべた。

「おいらはまた野菜を届けるからよ」

富八が言った。

「なら、明日あたり、また甘藷を」

千吉が答える。

「おう、まかしとき」

気のいい棒手振りが打てば響くように答えた。

「帰ったらすぐ仕込みで」

と、千吉。

「甘藷も喜ぶからよ。うめえ粥にしてやってくんな」

富八が白い歯を見せた。

軽くなった屋台を引いて、千吉はのどか屋へ戻っていった。

横山町の通りに入ってしばらくしたところで、前に人影が現れた。

「あっ、千ちゃんが帰ってきた」

大松屋の升造の声だ。

「升ちゃん、ただいま」

千吉が声を返した。

「見つかったよ、見つかったよ」

大松屋の二代目は興奮気味に言った。

「何が見つかったの？」

千吉が問う。

「貼り紙の親御さんが見つかったんだ。いま来てる」

升造が伝えた。

「おてるちゃんの？」

千吉の顔に驚きの色が浮かんだ。

「そう。うちの内湯を使ってもらって、少し経ったところで親御さんたちがたずねてきたんだ」

竹馬の友が言った。

「分かった。いま行くよ」

千吉の声が弾んだ。

第七章　再会の味

一

　お助け屋台を見世の脇に置き、升造と一緒にのれんをくぐると、おてるは家族と一緒に座敷にいた。

「ほら、ね」

　升造が手で示す。

「ほんとだ。よかったね」

　千吉の顔がぱっと輝いた。

「おかげさまで」

　おてるが頭を下げた。

「世話になりました。父親の左官の卯三郎で」

精悍な面構えの男が礼を述べた。

「貼り紙はもうはがしたから」

おちよが笑顔で言った。

「本当に助かりました。夢みたいで」

おてるの母がそう言って瞬きをした。

座敷にはもう一人、おてるの兄が座っていた。

父とよく似た男前だ。

「豆腐飯をお出ししたところで」

おようが手で示した。

「いただいてまさ」

卯三郎が笑みを浮かべた。

「ほんとにおいしくて、涙が出てきました」

その女房が目もとに指をやった。

「また食いたいっす」

おてるの兄が言った。

大火で離れ離れになってしまった一家は、のどか屋でまた再会した。

住んでいた長屋は焼かれてしまったが、左官の親方の住まいは無事だった。火が出たときに外で呑んでいた卯三郎は、ひとまずそこを頼った。

その女房とおてるの兄も、親方の住まいに当たりをつけて逃げ、首尾よく再会を果たした。

残るはおてるだけだ。

大火に巻きこまれて命を落としてしまったかと案じていたところへ、朗報がもたらされた。

のどか屋の常連の左官衆がひと肌脱ぎ、若い衆が様子を見に行った。火事場に近い左官の親方のもとをたずねてみると、おてるの家族が身を寄せていた。これで幸いにも糸がつながった。

「よかったね、千ちゃん」

大松屋の升造が言った。

「豆腐飯、まだ残ってるけどいかが？」

おちよが水を向けた。

千吉がお助け屋台だから、代わりにおちよが厨に入って豆腐を炊きこんだ。

「ああ、なら、久々に」

升造がすぐさま答えた。

「おいらは甘藷粥の仕込みで」

千吉が厨に向かった。

「なら、手伝いまさ」

卯三郎が右手を挙げた。

「おいらも」

跡取り息子も続く。

「今日はみなさん、一階にお泊まりで」

おようが千吉に伝えた。

「明日の朝、千住の身内を頼っていきますんで」

卯三郎が笑顔で言った。

「だったら、甘藷の仕込みの手伝いをお願いできれば」

千吉が言った。

「わたしもやります」

「わたしも」

おてるとその母がいい声で告げた。

こうして、段取りが整った。

二

甘藷粥をつくっているあいだに、時吉が戻ってきた。

「そうかい、見つかったのか」

おちよから聞いた時吉の声が弾んだ。

「世話になってまさ。おかげさんで」

厨で甘藷の皮をむきながら、卯三郎が言った。

「今夜は一階の部屋でゆっくりしてもらいます」

鍋の支度をしながら、千吉が言った。

「明日、また豆腐飯をいただきます」

おてるが見違えるような表情で言った。

「いったん千住の身内を頼りまさ。なに、またすぐ普請が始まるので、江戸へ戻ってきますがね」

と、卯三郎。

「とにもかくにも、みなさんよくご無事で」

時吉が笑みを浮かべた。

「はい、ありがたく存じます」

「ありがてえこって」

左官の女房とせがれが手を動かしながら言った。

手分けしたおかげで、甘藷はまたたくうちに切り終わった。

あとはうまくて精のつく粥にするばかりだ。

甘藷粥づくりは手慣れたものだ。ほどなく、いい塩梅の粥が炊きあがった。

ここで左官衆がのれんをくぐってきた。

おてるの件でひと肌脱いでくれた、あの左官衆だ。

「そうかい、役に立ってよかったな」

家族がまた一緒になっているのを見て、かしらが笑みを浮かべた。

「おかげさんで。ほんとに、ありがてえこって」

卯三郎が両手を合わせた。

「なに、困ったときはお互い様よ」

気のいいかしらが言った。

「とにかく無事でよかったな」

「いい顔をしてるじゃねえか」

おてるの表情を見て、左官衆が言った。

「おかげさまで」

おてるが頭を下げる。

「このたびはありがたく存じました」

その母も深々と一礼した。

お助け屋台の支度が整った。

「あとはわたしがやるから」

おちよが言う。

左官衆には干物をあぶって出すことにしている。

「頼む。よし、行くぞ」

時吉が千吉に言った。

「承知で」

のどか屋の二代目が気の入った声で答えた。

三

お助け屋台の甘藷粥は、八辻ヶ原で順調にふるまわれた。

一杯の粥を胃の腑に入れる人の数だけ、背負った人生がある。

歩いていくそれぞれの道がある。

その仔細を訊くことはない。

食する者も語らない。

一杯の粥だけが、つくり手と受け手をつなぐ。

こうして、甘藷粥があらかたなくなった頃合いに、よ組の火消し衆が姿を現わした。

「おう、ご苦労さん。火事場の片付けもあらかた終わったぜ」

かしらの竹一が言った。

「お疲れさまでございます」

千吉が労をねぎらった。

「あと三杯分くらいありますが、いかがです？」

時吉が水を向けた。

「なら、おめえら、食わせてもらえ」

纏持ちの梅次が若い衆に言った。

「遠慮しなくていいぞ」

「気張ってくれたからな」

双子の竜太と卯之吉が言った。

「へい」

「なら、いただきまさ」

手が次々に挙がった。

「これであとは建て直しですね」

時吉が言った。

「おう。江戸のほうぼうで普請が始まるぜ」

竹一が身ぶりをまじえた。

「あっという間に元どおりでしょう」

最後の粥をよそいながら、千吉が言った。

「大工衆も左官衆も気を入れて建て直すだろうよ」

かしらが笑顔で答えた。

「ひと仕事したあとだから、ことにうめえや」

よ組の若い火消し衆が言った。

そんな調子で、お助け屋台の甘藷粥はきれいになくなった。

四

翌朝——。

豆腐飯の朝膳でにぎわうのどか屋に、おてるの一家の姿があった。

座敷の隅に陣取り、名物に舌鼓を打っている。

「おいしい」

おてるの母が感慨深げに言った。

「こうやってまたみなで飯を食えるのは、夢みてえだな」

卯三郎がしみじみと言った。

「これから千住だけど、また江戸に戻れるかしら」

おてるがやや不安そうに言った。

「ああ、うめえ」

「そりゃ戻れるさ。千住の弟のとこは、無事な姿を見せに行くようなもんだ」

　卯三郎がすぐさま答えた。

「左官のつとめもあるしね」

　その女房が言う。

「おう、普請場が待ってるからな」

　卯三郎はそう言うと、豆腐飯をわしっと頰張った。

「おめえさん、左官かい？」

「おれらはもう普請場だぜ」

「しばらく建て直しで働きづめで」

　常連の大工衆が言った。

「千住の身内のとこへ行ってしばらくしたら、江戸に戻って普請場に出まさ」

　匙を止めて、卯三郎が答えた。

「おう、待ってるぜ」

「おれらが気張らねえと」

　気のいい大工衆が言った。

「あっ、味が変わった」

おてるの母が声をあげた。

「うちの豆腐飯は、一膳で三度楽しめますから」

千吉が厨から言った。

「ほんと、おいしいです」

おてるも笑みを浮かべる。

「江戸に戻ったら、また食いにきまさ」

卯三郎が言った。

「お待ちしております」

千吉が笑顔で頭を下げた。

五

「なら、世話になりました」

卯三郎が深々と一礼した。

支度が整い、これから千住へ向かうところだ。

「また来てくださいね」

子供たちとともに見送りに出たおようが、おてるに言った。

「ええ。……あら、見送りに」

おてるが笑みを浮かべた。

猫たちがわらわらとやってきたのだ。

ふくとろくとたびが、我先にと身をこすりつける。

「よしよし」

おてるは猫の首筋をなでてやった。

「道中お気をつけて」

おちよが言った。

「はい、ゆっくり行きますので」

おてるの母が笑顔で答えた。

「よし、なら、千住まで気張って歩け」

卯三郎が言った。

「承知で」

跡取り息子が帯を一つぽんとたたいた。

「みんな達者でね」

おてるが猫たちに言う。

「みゃ」

まだ達者な二代目のどかが短くないた。

「では、またお越しください」

時吉が笑顔で言った。

「近いうちに、きっと来まさ」

卯三郎が請け合った。

「お達者で」

万吉が声をかけた。

隣におひなもいる。

「元気でね」

おてるが笑みを浮かべた。

六

のどか屋のお助け屋台は、三日出してひとまず終わった。

中食と二幕目も、以前と同じになった。

幸い、常連はみな無事だった。風向きによって火の筋が変わったら危ないところだったが、ありがたいことに難を免れた。

「またここで療治を受けられるのは助かるね」

座敷で声が響いた。

隠居の大橋季川だ。

「こちらもありがたいことですよ」

療治をしながら、按摩の良庵が言った。

「火事は何より怖いので」

その女房のおかねが言う。

「半鐘が鳴ったら寿命が縮みます」

良庵が言う。

「もう何事もなければいいんですけど」

と、おちよ。

「お助け屋台は出番がないのがいちばんで」

千吉が厨から言った。

ほどなく療治が終わり、良庵は次の得意先へ向かった。

隠居はいつものように二階の部屋に泊まりだ。これから一枚板の席で一献（いっこん）傾ける。

天麩羅が揚がった。

「甘藷がずいぶん残ったので揚げてみました」

千吉が言った。

「そうかい。なら、いただくよ」

隠居の白い眉がやんわりと下がった。

「わあ、いい色ですね」

おちよが甘藷天を見て言った。

「大火去り天麩羅の色ありがたし……季語がないけれど」

即興で一句詠むと、季川は揚げたての甘藷天を天つゆにつけてさくっとかんだ。

「さくりとかめば悦（よろこ）びの味」

おちよが付ける。

「決まったね」

隠居が笑顔で言った。

七

翌日は親子がかりの日だった。
のどか屋の前にこんな貼り紙が出た。

けふの中食
寒ぶり煮つけと焼きめし膳
けんちん汁　小ばちつき
四十食かぎり四十文

お助け屋台
をはりました
のどか屋

「おう、お助け屋台、ご苦労だったな、二代目」

なじみの職人衆の親方が言った。

「はい、甘藷の残りも少なくなりました」

千吉が厨から答えた。

「今日からはいつもどおりで」

平たい鍋を小気味よく振りながら、時吉が言った。

「いつもどおりがいちばんだな」

「具だくさんのけんちん汁だ」

「寒鰤の煮つけもうまそうだ」

職人衆の箸が動く。

「いらっしゃいまし」

「空いているお席にどうぞ」

おけいとおときの声が響いた。

旅籠にやっと空きが出てきたので、今日からまた両国橋の西詰へ呼び込みに行くことになっている。

中食がだいぶ進んだところで、ふらりと万年同心が姿を現わした。

「あっ、平ちゃん」

千吉の顔がぱっと輝く。

「たまには中食も食わねえとな。腹ごしらえをしたらまた見廻りだ。助け金だましも出てるからな」

万年同心が言った。

大火で難儀をした人たちに届けるとまことしやかなつくり話をしてだまし、助け金をおのれのふところに入れてしまう不届き者が出ているようだ。

「みなひっ捕まえてやってくだせえ」

「ひでえやつらだ」

話を聞いた客が口々に言う。

「そのうち一網打尽だからよ」

万年同心が二の腕をたたいた。

「はい、お待ちで」

時吉が寒鰤の煮つけと焼き飯の膳を出した。

ほぐした干物に蒲鉾に葱や大豆など、こちらもけんちん汁に負けず劣らず具だくさんだ。

「おお、来た来た。醤油の香りがたまらねえな」

　万年同心が手であおぐ。

「けんちん汁のほうは胡麻油の香りだから」

　千吉が笑みを浮かべる。

「なら、汁から啜るか」

　万年同心はそう言って、椀を手に取った。

　口元に運び、啜る。

「どう？」

　千吉がたずねた。

「これぞのどか屋の味だな」

　万年同心が笑顔で答えた。

第八章　蛤づくしと稚鮎づくし

一

二月（旧暦）も末になり、ほうぼうから花だよりが届いた。

のどか屋も花見弁当づくりで忙しくなった。

今日受け取りに来たのは、なじみの大工衆だ。

「明日からまた普請だからよ。今日だけ息抜きだ」

棟梁が言った。

「しばらく普請ばかりだったんで」

「おかげでだいぶ建て直しましたぜ」

「いくら火が出ても、おれらがいたらあっという間で」

大工衆が口々に言う。

「お花見で息抜きをして、また気張ってくださいまし」

おちよがそう言って大徳利を渡した。

「おう、ありがとよ」

「墨堤の桜はちょうど見ごろだろうから」

と、大工衆。

「はい、お待ちで」

千吉が花見弁当の包みを提げて出てきた。

小鯛の焼き物に筍の煮物。錦糸玉子や海苔などを美しくあしらったちらし寿司など、のどか屋の二代目が腕によりをかけてつくった弁当だ。

「来た来た」

「もらってくぜ」

「よし、なら、墨堤まで気張って歩け」

棟梁が両手をぱんと打ち合わせた。

「へいっ」

「早く呑みてえぜ」

「桜は逃げねえからよ」

わいわい言いながら、大工衆は出ていった。

「お気をつけて」

その背に向かって、おようが明るく声をかけた。

「お気をつけて」

おひながおうむ返しに言う。

「おう、よく言えたな」

「偉(えれ)えぜ」

大工衆が日焼けした顔をほころばせた。

二

中食は蛤(はまぐり)づくしの膳だった。

蛤飯に焼き蛤に蛤吸い。

まさしく春の恵みの蛤づくしだ。

「明日起きたら蛤になってるぜ」

「蛤（はま）吸いがしみやがる」

「焼き蛤（はま）もちょうどいい塩梅だ」

植木の職人衆が満足げに言った。

「ほかが蛤づくしだけに、箸休めの小鉢がいいな」

剣術指南の武家が言った。

「ええ。今日は薇（ぜんまい）と油揚げの煮びたしで」

おようが笑みを浮かべた。

「この時分は桜鯛もうまいからね」

「そうそう。もうひと月もしたら、初鰹（はつがつお）だ」

「なかなかあの世にも行っていられないね」

近くに住む二人の隠居が言った。

そんな調子でのどか屋の中食は滞りなく売り切れ、短い中休みを経て二幕目に入った。

おけいとおときは両国橋の西詰へ呼び込みに行った。大火のあとは長逗留（ながとうりゅう）の客がいくたりもいたが、いまはすっかりもとに戻った。

二幕目に入ってほどなく、目がちかちかするいでたちの男がほかの二人の客とともにのれんをくぐってきた。

　狂歌師の目出鯛三だ。

「桜鯛の季節なので、ともぐいをしに来ました」

　着物にも帯にも紅い鯛を散らした男が笑みを浮かべた。

　あとの二人は、小伝馬町の書肆灯屋のあるじの幸右衛門と絵師の吉市だった。

「手前も桜鯛を楽しみに」

　幸右衛門が笑みを浮かべた。

「今年の鯛はもう描いたので、今度は舌で」

　絵師がそう言って座敷に腰を下ろした。

「いかがでしょうか、『続々料理春秋』のほうは」

　酒が出たところで、幸右衛門がさっそく千吉に訊いた。

「ええ。もとになる紙をぼちぼち書いてます。ちょうど花見弁当をいくつかつくったので、そのあたりも」

　千吉が答えた。

「それは頼もしいです」

　灯屋のあるじが笑みを浮かべた。

「やつがれのところに回ってきたら、少しずつ進めますので」

目出鯛三が言った。

「どうかよろしゅうに。早指南本のほうもありますので」

幸右衛門はそう言って、目出鯛三に酒をついだ。

「まあ追い追いに、ははは」

狂歌師は笑ってごまかした。

肴はまず桜鯛の姿盛りを出した。

「これはうまそうですな」

「さっそくいただきます」

目出鯛三と吉市が箸を伸ばす。

評判は上々だった。

「さすがは桜鯛」

「脂(あぶら)が乗って、まさに口福(こうふく)の味です」

目出鯛三と幸右衛門が言った。

「盛り付けがまた鮮やかですね。そのまま絵になりそうで」

吉市が絵師らしい見方を示した。

肴は次々に出た。

「兜焼きは先生に」

幸右衛門が目出鯛三にゆずった。

「これは嫌でも書かずばなりませんな」

「いや、喜んで書いてくださいまし」

そんなやり取りがあったから、のどか屋に和気が漂った。

お次は鯛のおかき揚げだ。

醬油味のおかきを細かく砕いて衣にすれば、実に風味豊かな揚げ物になる。なじみの煎餅屋からしくじりものを安く仕入れている。砕いて衣にすれば、しくじりものでもまったく大丈夫だ。

「これは癖になる味ですね」

書肆のあるじが言った。

「変わった揚げ物をまとめて紹介してみてもいいでしょうな」

目出鯛三がそう言って、次のおかき揚げに箸を伸ばした。

「承知しました。もとの紙を書きますよ」

千吉がいい声で言った。

三

翌日――。

おちよが中食の貼り紙を出そうとしたとき、向こうから見覚えのある面々がやってきた。

左官の卯三郎の家族だ。

おてるも、その母と兄もいる。

「おーい」

卯三郎が手を振った。

「千住からお戻りですか？」

おちよが声を張りあげて問うた。

「そうでさ。弟のとこで引き留められちまったけど、やっと江戸に帰ってきました。泊まり部屋はありますかい？」

おてるの父が答えた。

「ええ、ございますよ」

おちよはすぐさま答えた。

「なら、長屋が見つかるまで世話になりまさ。左官の親方のとこに顔を出したら、わりかたすぐ見つかるはずで」

卯三郎が言った。

「承知しました。ちょうど二階の角部屋が空いていますので」

おちよは笑顔で答えた。

「よかったわね」

「ほんと」

おてるが母に答えた。

焼け出された当初とはうってかわって、いい表情をしている。

「腹が減ったんで。中食はまだですかい」

卯三郎が言った。

「まもなく支度が整いますので。少々お待ちください」

おちよがそう言って貼り紙を出した。

けふの中食

かきあげ丼と小うどん膳
小ばち　香のものつき
四十食かぎり四十文

「おう、うまそうだな。待ってるぜ」

気のいい左官が言った。

「腹が鳴ったよ」

跡取り息子が笑みを浮かべた。

ほどなく支度が整った。

「あ、達者だった？」

いち早く出迎えた雪之丞に向かって、おてるが笑顔で言った。

「いらっしゃいまし」

「お好きなお席にどうぞ」

おけいとおときの声が響く。

「なら、座敷だな」

卯三郎が身ぶりをまじえた。

今日は親子がかりの日だ。

千吉がかき揚げを受け持ち、時吉が朝から気を入れて打ったうどんを仕上げる。

かき揚げには浅蜊が多めに入っている。人参や葱などの野菜もたっぷりだ。

これにたれをふんだんにかける。のどか屋の命のたれを使った、こくのあるたれだ。

「このたれだけで三杯飯いけるぜ」

「かき揚げも顔くらいあるよ」

卯三郎とせがれが言った。

「おうどんも具だくさん」

「小うどんでもたっぷり」

おてるとその母が言った。

春の恵みの若竹と若布。

海老天に竹輪に葱。

さらに、大ぶりの蛤まで入っている。

見ただけで心が弾む一杯だ。

「ああ、うめえな」

かき揚げ丼を半ば食べたところで、卯三郎が言った。

「明日はまた豆腐飯ね」

その女房が言う。

「楽しみ」

おてるが笑みを浮かべた。

その箸がまた悦ばしく動く。

ややあって、家族の膳はみなきれいに平らげられた。

四

段取りは進んだ。

中食を終え、部屋に荷を置くと、卯三郎はさっそく左官の親方をたずねた。

家族が暮らすことになる長屋はさほど間を置かずに見つかった。あと三日くらいで住めるようになるから、それまでのどか屋に逗留すればいい。

つとめのほうも決まった。今日からでも来てくれという話だったが、千住から戻ったばかりゆえ、明日の朝からで話がついた。

卯三郎は二幕目ののどか屋に戻り、さっそく首尾を伝えた。

「それはようございました」

おちよが笑みを浮かべた。

「そんなわけで、今日はみなで観音様にお参りしてきまさ」

卯三郎が言った。

「浅草ですね。お気をつけて」

時吉が笑顔で言った。

左官の家族が浅草へ向かったのと入れ替わるように、大和梨川藩の面々が入ってきた。

お忍びの藩主の筒堂出羽守良友、それに、二人の勤番の武士、稲岡一太郎と兵頭三之助だ。

「正式に決まったが、秋には大和梨川だ」

座敷に陣取るなり、筒堂出羽守が言った。

「参勤交代でございますか」

時吉が問う。

「うむ。本来なら昨秋でもおかしくなかったのだが、御役があったゆえ今年に延びた」

お忍びでは筒井堂之進と名乗る着流しの武家が言った。

四方を海で囲まれた日の本はこのところ物騒で、さまざまな外つ国から開港を迫る船が到来したりしている。そこで、海防掛を設け、有事の際にはどのように対応するか、相談を重ねている。大和梨川藩主には海防掛の補佐役という大事なお役目がついた。

「それはそれは、ご苦労さまでございます」

おちよが頭を下げた。

「江戸もあと半年や」

将棋の名手の兵頭三之助が言った。

「うまいものを食べておかないと」

剣の遣い手の稲岡一太郎が言った。

名前は一だが二刀流の達人だ。

「なら、例のお話も先延ばしですね」

ややほっとしたように千吉が言った。

「いや、異国船は明日にでも現れるやもしれぬ。そうなったら二代目の出番だぞ」

お忍びの藩主がいくらか脅すように言った。

開国を迫る異国船が現れ、食事の提供が要り用になったら、千吉が任に当たることに話が決まっている。

「はあ、まあ、来ないことを祈るしかないと」

千吉はあいまいな顔つきで答えた。

ここで肴が出た。

今日は稚鮎（ちあゆ）づくしだ。

まずは南蛮漬けを出した。

稚鮎を立て塩に四半刻（約三十分）つけてから揚げる。

これを笊（ざる）に並べて湯をかけて油抜きをし、漬け酢に浸す。

だしに酢、薄口醤油と味醂、さらに、焼き葱と針生姜と鷹（たか）の爪（つめ）を加えた風味豊かな漬け酢だ。

半日でも味がしみるが、一昼夜置くとちょうどいい塩梅になる。

「これは酒がすすむな」

筒井堂之進と名乗る武家が満足げに言った。

「ええ味で」

と、兵頭三之助。

「漬かり具合がちょうどいいです」

稲岡一太郎がうなずいた。

続いて、木の芽煮が出た。

合わせだれで炊き、仕上げにたたいた木の芽をふんだんに盛り付ける。これも風味豊かなひと品だ。

「天麩羅も揚げますので」

千吉が厨から言った。

「おう、頼む。ところで……」

お忍びの藩主は猪口の酒を呑み干してから続けた。

「前に『諸国料理春秋』の下調べを兼ねて大和梨川へ行ってみたいと言っていたな？気は変わっていないか」

筒堂出羽守が訊いた。

「ええ、まあ」

千吉はややあいまいな顔つきで答えた。

「大和梨川にはさしたる名物料理もないが、しばらく滞在してから、大坂や京などを廻って江戸に戻れば良かろう。旅先で調べ物をしておけば、『上方料理早指南』や

『東海道料理早指南』なども書けるぞ」

　大和梨川藩主はそう言うと、稚鮎の木の芽煮を口中に投じ入れた。

「うちのつとめさえ大丈夫なら」

　千吉は慎重に答えた。

「留守中はおれがやるし、ちよも代われる」

　時吉が言った。

「長吉屋の弟子はずいぶん腕を上げたから、どうにか任せられるだろう。せっかくのお話だし、これも修業の一環だからな」

　時吉が引き締まった顔つきで言った。

「子供たちも大きくなってきたし、行くならいまかも」

と、おちよ。

「わたしが守りをしていますから、三月くらいなら」

　おようも和す。

「そうだな。半年だといささか長い」

　時吉が言う。

「よし。なら、大和梨川を含めて秋から三月だ。正月に江戸へ戻るようにすればいい」

筒堂出羽守が段取りを進めた。

「うーん……では、そういうことで」

千吉はやっと肚をくったような顔つきになった。

「こら、帰りも楽しみや」

兵頭三之助が笑みを浮かべる。

「大和梨川にうまい料理が伝わるでしょう」

稲岡一太郎が白い歯を見せた。

ほどなく天麩羅が揚がった。

「お待ちどおさまです」

千吉が座敷に運んでいった。

「おう、来たな。この先も頼むぞ」

快男児が言った。

「承知しました」

千吉の表情がやっとやわらいだ。

五

三月に入り、しばらく経った。

二幕目に揃いの半纏の左官衆が入ってきた。

「おう、いいものを見てきたぜ」

そう言って手を挙げたのは、卯三郎だった。

新たな長屋に家族で移り、もうすっかり落ち着いた。

「いいものでございますか」

おようが問うた。

近くに万吉とおひなもいる。

「おう、普請場の近くで大貉の見世物があってな」

卯三郎は答えた。

「こんなでけえ貉だぞ」

かしらが両手を広げた。

「尾っぽの先が七つに分かれていやがった」

「あんな獣は初めてだ」

「珍しいものを見たぜ」

左官衆が口々に言った。

見世物があったのは小石川伝通院(でんづういん)の境内だ。五軒町(ごけんちょう)の蕎麦屋に侵入してきた大貉を生け捕りにし、見世物にしたところ大にぎわいになっているらしい。

「でっかいの？」

万吉が無邪気にたずねた。

「おう、こいつの十倍くらいはあったぜ」

ちょうど通りかかったたびをひょいと持ち上げて、左官のかしらが言った。

「貉の見世物だって」

おようがおひなに言う。

「なくの？」

おひながたずねた。

「そう言や、鳴きゃしなかったな」

「うろうろしてるだけでよ」

「あんなのが入ってきたらびっくりだぜ」

左官衆が口々に言った。

肴が出た。

焼き筍と焼き蛤だ。

どちらも醬油がいいつとめをする。

こんがりと焼いた筍に刷毛で醬油を塗って二度焼きにする。

蛤の蓋が開いたら、酒と醬油を一滴ずつ垂らしてやる。

これで口福の味になる。

「江戸の春の味だな」

卯三郎が笑みを浮かべた。

「おう、どんどん食って吞め」

かしらが言う。

「へい」

「合点で」

左官衆の手がまた小気味よく動いた。

第九章　再びのお助け屋台

一

時吉は家路をたどっていた。

長吉屋の仕込みは弟子に任せてある。次の花板にと思っている男がしっかりしているので安んじて任せられる。

政吉（まさきち）という若者だ。

芝大門（しばだいもん）の名門料亭の次男で、一年前から長吉屋で修業を積んでいる。いたって筋がよく、包丁さばきが見事だ。若い料理人だが、もう教えることはほとんどないくらいだ。

当初は半年ほど修業して、料亭を継ぐことになっていた。さりながら、家業を継ぐことにいま一つ煮えきらなかった兄が心変わりをし、おのれが継ぐと言いだした。政吉は梯子（はしご）を外されたかたちになってしまった。

しかし、長吉屋にとってみれば幸いだった。

政吉の腕に関しては、古参の料理人の長吉も認めるところだった。料理人としてばかりでなく、物おじせずにしゃべるし、人づきあいもうまい。いずれは多くの弟子を育てるだろう。

脇板の大吉（だいきち）にはべつの料亭から花板にどうかというありがたい話が来た。長吉屋がずいぶん長くなったが、いよいよ花板だ。

そんなわけで、時吉はだいぶ肩の荷が下りていた。

殿の参勤交代に千吉がついていく話も、この分なら大丈夫だな。

長吉屋は政吉に任せて、おれがのどか屋に詰めればいい。

時吉はそんなことを考えながら歩を進めていた。

だが……。

ここで思わぬ成り行きになった。

音が響いたのだ。

それを聞いたとき、時吉の心の臓がきやりと鳴った。

カンカンカン、カンカンカンカン……

やにわに鳴りだしたのは、半鐘の音だった。

二

「おっ、何でえ」

「また火事かよ」

通りを歩く者たちから声があがった。

「いったいどこだ」

「こっちへ来んなよ」

さまざまな声が飛ぶ。

時吉は空を見上げた。

まだ火の手は見えないが、風がある。

これはまずい。

火があおられたら広がってしまう。

時吉は足を速めた。

のどか屋の前の通りを進む。

「おお、のどか屋さん」

大松屋の前で男が右手を挙げた。

あるじの升太郎(ますたろう)だ。

「火はどこで？」

時吉は短く問うた。

「柳原(やなぎわら)の土手のほうらしいですよ」

升太郎が答えた。

「柳原か……」

時吉はそう言って手をかざした。

風向きを読む。

「いまの風なら、それてくれると思うんですが」

大松屋のあるじが不安げに言った。

「たしかに」

時吉がうなずく。

「風向きが変わって、こっちに火が来ねえことを祈りましょう」

升太郎は両手を合わせた。

カンカンカンカン、カンカンカンカン……

半鐘の音が高くなった。

「そうですね。なら、ひとまずこれで」

さっと右手を挙げると、時吉は足を速めた。

三

のどか屋の前におちよが出てきた。

「あっ、おまえさん、半鐘が」

口早に言う。

「柳原の土手みたいだな」

時吉が答えた。

中に入ると、みな不安げな顔つきをしていた。

「お客さんはこのままで？」

千吉が問うた。

「しばらく様子見でいいだろう。二階からちょくちょく見ていろ」

時吉は上を指さした。

客は一枚板の席に一人だけいた。

千吉の恩師でもある春田東明（はるたとうめい）だ。

「火事が続きますね。広がらなければいいのですが」

諸学に通じた男の顔に憂色が浮かんだ。

「そうですね。そのあたりは火消し衆の働きで」

と、時吉。

「もう気張ってやってるかと」

千吉が身ぶりをまじえた。

火消しの要諦は、火が隣に燃え移っていかないように家を壊すことだ。水をかけても文字どおり焼け石に水だから、それがいちばん効果がある。

「いま夕立が来てくれたらいいんだけど」

おようが言った。

「おいら、お祈りする」

万吉が両手を合わせた。

「わたしも」

おひなも続いた。

「だったら、のどか地蔵にお願いしてきましょう。火が燃え広がらないように、早く消えますようにって」

おようが水を向けた。

「うんっ」

万吉が力強くうなずいた。

「なら、みなでお願いね」

おちよが笑みを浮かべた。

四人が外へ出ていった。おちよとおよう、万吉とおひな。

「いい子に育ちましたね、千吉さん」

春田東明が言った。

「まだまだこれからで」

千吉が答えた。

ややあって、お祈りを済ませた一同が戻ってきた。

「空がちょっと赤くなってた」

およう が告げた。

むろん、それは夕焼けのせいではなかった。

「そうか」

千吉の顔つきが曇った。

四

半鐘はさらに鳴りつづけた。

柳原の土手から上がった火の手は、日本橋の近くまで燃え広がってようやく止まった。

鉄砲洲まで焼けた正月の火事に比べたらいくらかましだが、かなりの町が焼かれてしまった。

なかには、せっかく建て直したのにまた焼かれてしまったところもあった。火は大敵だ。

幸いにも、のどか屋はこのたびも難を免れた。泊まり客もみな無事だった。

「上野の広小路(ひろこうじ)にいたら半鐘が鳴りだしたので肝(きも)をつぶしたよ」

翌日の朝餉で、泊まり客の一人が言った。

「無事でようございました」

おちよがほっとした顔で答えた。

ここで野菜の棒手振りの富八が姿を現わした。

「甘藷をたくさん持ってきたぜ。またお助け屋台が出るんじゃねえかと思って」

気のいい棒手振りが言った。

「ああ、頼もうかと思ってたところで」

千吉が笑みを浮かべた。

「なら、長吉屋から戻ったらまた出すか」

時吉が言った。

「承知で。仕込みをやっときます」

千吉がすぐさま答えた。

「明日また多めに持ってくるよ」

富八が言った。

「お願いします。甘藷はいくらあっても使えるので」

と、千吉。

「天麩羅もうめえからよ」

「煮物もうめえ」

なじみの大工衆が言った。

「また忙しくなるから、食って精をつけとけ」

棟梁が言った。

火が収まったら、もう建て直しが始まる。

それが江戸っ子の心意気だ。

「へい」

「合点で」

いい声が返ってきた。

「なら、また来るぜ」

富八がさっと右手を挙げた。

「ご苦労さまでした。よろしゅうお願いします」

のどか屋の二代目が小気味よく頭を下げた。

五

のどか屋の前に、こんな貼り紙が出た。

きのふの火事、お見舞ひ申し上げます

皆様の無事をお祈りいたしてをります

けふの中食
たけのこめし
小鯛やきもの
あさり汁　おひたし　香のもの
四十食かぎり四十文

のどか屋

手伝いのおけいとおときも姿を見せた。

「今日の旅籠の呼び込みはなしにしましょう。火事で焼け出された方をお泊めするかもしれないから」

おちよが言った。

「分かりました」

おけいがうなずく。

「相談事があったんですが、火事の翌日なので、また日を改めて」

いくらか硬い顔つきで、おときが言った。

「そう……なら、またあとで」

少し考えてから、おちよは答えた。

中食の評判は上々だった。

「山は筍、海は小鯛と浅蜊。海山の幸がうまく響き合っているね」

近くに住む隠居が言った。

「お浸しもうめえや」

「身の養いになるしよ」

なじみの職人衆が言う。

火事のうわさが飛び交ったが、常連で巻きこまれてしまった者はいまのところいなさそうだった。

三河町と岩本町で焼け出されたときは、常連が亡くなって悲しい思いをしたものだが、ひとまず大丈夫そうだ。

「ああ、うまかった」

「のどか屋の中食を食ったら力が出るぜ」

客が笑顔で言った。

「毎度ありがたく存じます」

勘定場のおようが笑みを浮かべた。

「ありがたくぞんじます」

おひなが頭を下げた。

「おう、よく言えたな」

「気張ってるな、看板娘」

客が口々にほめる。

「うんっ」

おひなが得意げにうなずいたから、大火の翌日ののどか屋に和気が生まれた。

六

二幕目の厨は大車輪だった。

甘藷粥の仕込みに加えて、おにぎりもつくる。

昆布におかかに梅干し。

正月のお助け屋台と同じだから、手慣れたものだ。

左官衆がのれんをくぐってきた。

おてるの父の卯三郎を含む左官衆だ。

「まだ普請は始まらねえからよ」

「そのうち、火事場の片付けを頼まれるかもしれねえが」

「忙しそうだから、干物をあぶるくらいでいいぜ」

左官のかしらが言った。

「はい、承知で」

厨で手を動かしながら、千吉が答えた。

ややあって、干物が焼きあがった。

たっぷりの大根おろしを添え、醤油をかけてほぐしながら食す。

「酒の肴はやっぱりこれですな、かしら」

卯三郎が言った。

「そうだな。酒がすすむぜ」

日焼けしたかしらが答えた。

そんな調子でひとしきり呑み、左官衆はわりかた早く腰を上げた。

甘藷粥が炊きあがった。

「舌だめしを」

千吉がおちよに言った。

「承知で」

おちよが右手を挙げた。

小鉢に粥を盛り、息をふうふうと吹きかけてから舌だめしをする。

「ちょっと塩気を濃いめに」

千吉が言った。

「そうね。これくらいがいいかも」

おちよがうなずいた。

それからほどなく、時吉が戻ってきた。

「支度ができました、師匠」

千吉が言った。

「そうか。なら、行くか」

時吉が帯をたたいた。

「はいっ」

千吉が引き締まった顔つきで答えた。

「気をつけて」

「行ってらっしゃい」

おちよとおようが送り出した。

七

「甘藷粥、お配りしてまーす」

千吉のよく通る声が響いた。

「にぎり飯もあります」

時吉も和す。

「お代は要りません。火事で難に遭われた方にただでお配りしております。遠慮なくどうぞ」

千吉が言った。

「火事場の片付けでもいいのかい」

「おれら大工だが、声がかかってよう」

「ちょうど小腹が空いてるんだ」

そろいの半纏姿の大工衆が言った。

「どうぞどうぞ、お召し上がりください」

「ご苦労さまでございます」

のどか屋の親子が快く言った。

夕方の八辻ヶ原にはさまざまな人影があった。

その人の数だけ背負っているものがある。

人生の重みがある。

「長屋を焼かれちまってよう。神社の境内で一夜明かして、これから三河島村の身内のとこへ行くんだ」

子をつれた男が言った。

その女房はいくらか離れたところで赤子に乳をやっている。

見るからに大変そうだ。

「それはそれは、難儀なことで。甘藷粥であたたまってくださいまし」

千吉が言った。

「いくらでもどうぞ」

時吉も勧める。

焼け出された家族は、甘藷粥を啜った。

赤子に乳をやり終えた女房も、ひと口啜る。

ほっ、と一つ声がもれた。

「うめえな」

男が言った。

そのせがれが無言でうなずく。

「おいしいね」

抱っこ紐に入れた赤子に向かって、母が言った。

「はい、まだまだありますよ、甘藷粥。どうぞ召し上がってくださーい」

千吉の声が響いた。

「にぎり飯はそろそろ終いで」

時吉も和す。

「ああ、うまかった。力が湧いてきましたぜ」

甘藷粥を平らげた男が言った。

「ほんと、ありがたいことで」

その女房が両手を合わせる。

「気張ってくださいまし」

「難儀はあともう少しで」

のどか屋の親子が励ました。

八

あと一日、翌日もお助け屋台を出すことになった。

中食は親子がかりだ。

時吉がこしのあるうどんを打ち、千吉が朝獲れの魚をさばいて刺身の盛り合わせをつくる。華のある膳は好評のうちに滞りなく売り切れた。

のれんがしまわれ、片付けが一段落ついたところで、手伝いのおときがおちよに向かって切り出した。

「昨日、ちらっと言いかけた相談事の件なのですが……」

おときはそう言うと、ちらりと髷に手をやった。

「ああ、どういう相談事？」

おちよがたずねた。

「実を言いますと、わけあって今月いっぱいでお暇をいただきたいと思いまして。その……ある方に添って、新たな暮らしを始めることになったもので」

おときは少し恥ずかしそうに言った。

「まあ、おめでたい話じゃないの」

おちよは笑顔になった。

火事の直後におめでたい話はいかがなものか。そう思って、昨日は切り出すのをやめたようだ。

「お相手は意想外な方ですよ」

おけいが言った。

一緒に旅籠の呼び込みをしているから、すでに聞かされているようだ。

「へえ、どういう人？」

千吉がたずねた。

「傍流なんですが、将棋家の血筋の方で」

おときは答えた。

「それはそれは、意想外だね」

時吉が言った。

「とにもかくにも、おめでたいことで」

おちよが笑顔で言った。

「ありがたく存じます」

おときが頭を下げた。

「そのうちお祝いをしないと」

と、千吉。

「というより、うちで祝言の宴ができれば」

時吉が言った。

「伝えておきます」

おときは明るい顔で答えた。

さらにくわしい話を聞いた。

おときはかつて将棋の競いに出て、大和梨川藩の兵頭三之助と戦った。その棋譜に目を通した将棋家の傍流の若者がおときに才を感じ、激励の文を送った。

さらに、実際に会って稽古将棋を指したりしているうちに縁が結ばれたといういきさつらしい。

この先は、二人で将棋の指南を行い、得意先を広げていきたいということだった。

「だったら、中食のお運びや旅籠の呼び込みは代わりを見つけるとして、将棋の指南だけはうちで続けてみたら?」

おちよが水を向けた。

「ええ。日にちは減るかもしれませんけど、せっかくご縁をいただいたので、この先も続けさせていただければと」

おときは晴れやかな表情で言った。

「それはぜひ続けてください」

時吉が言う。

「のどか屋の名物だから」

千吉が白い歯を見せた。

「承知しました。伝えておきます」

おときがすぐさま答えた。

九

お助け屋台の支度が整った。

時吉と千吉は今日も八辻ヶ原に向かった。

「もうあとひと気張りだ」

屋台を引きながら時吉が言った。

「承知で」

千吉がいい声で答えた。

八辻ヶ原で屋台を止め、道行く人たちに声をかけはじめた頃合いに、異な声が聞こえてきた。


こちらは観音お助け組でございます。

このたびの大火で難儀をされた皆々様に、見舞いの助け金をお送りしております。


「観音お助け組？」

千吉の顔つきが変わった。

前に万年同心から助け金だましの話を聞いたことがある。

ことによると、それではないのか。

助け金はいくらでもかまいません。

皆々様のお気持ち次第でございます。

どうか、困っている方々に、お慈悲のお恵みをお願いいたします。


見ると、白装束をまとった二人組の男がいた。

片方は幟を持っている。

「観音お助け組」

墨痕鮮やかにそう記されていた。


困っている方に施しをされた皆々様には、必ずや観音様のご加護があるでしょう。

助け金はいくらでもかまいません。

どうか、お慈悲のお恵みをお願いいたします。


大きな鉢を持った男が声を張りあげた。

頭には小ぶりの観音像がくくりつけられている。

ちゃりん、と音が響いた。

だれかが助け金を投じたのだ。

「怪しいな」

千吉が言った。

「だましか？」

客に甘藷粥を渡してから、時吉が短く言った。

「そんな気が」

千吉は指をこめかみにやった。


ありがたく存じました。

観音お助け組が過たず助け金をお届けいたします。

焼け出された方、大切な身内を亡くされた方、このたびの大火で難儀をされている方々に、どうか皆々様方のお恵みを。


よく通る声がさらに響きわたった。

観音お助け組の前には、たちどころに列ができた。

のどか屋のお助け屋台の前にも列はできたが、同じくらいの長さだ。

そんな八辻ヶ原に、見知った顔が現れた。

「あっ、平ちゃん」

千吉が声を発した。

万年平之助だ。

ただし、万年同心は妙なしぐさをした。

唇の前に指を一本立てたのだ。

十

「これから捕り物が始まるぜ」

お助け屋台に近づくなり、万年同心は声を落として言った。

「すると、やっぱり……」

千吉は得心のいった顔つきになった。

「勘ばたらきがあったか」

万年同心が渋く笑った。

「うん、まあ」

まんざらでもなさそうな顔つきで、千吉は答えた。

「加勢しましょうか」

時吉が水を向けた。

「いや、もう捕り網はできてるから、それには及ばねえよ。本物のお助けをやっててくんな」

万年同心が答えた。

「承知で」

時吉がうなずいた。

ほどなく、観音お助け組の前に二人の武家が現れた。

黒四組のかしらの安東満三郎と、日の本の用心棒の室口源左衛門だ。

いくらか離れたところでは、韋駄天侍こと井達天之助が様子をうかがっている。

「お助けのつとめ、ご苦労だな」

あんみつ隠密が観音お助け組に声をかけた。

「はい、大火で難儀をしている皆々様のために、微力ながらつとめさせていただいております」

頭に観音像を載せた男がしたたるような笑みを浮かべた。

「塵も積もれば山となる」

黒四組のかしらの声音がそこで変わった。

渋く笑い、相手を見る。

「善良なる民をだまして利を得るのは今日で終わりだぜ、黒観音の銀次」

その言葉を聞いて、男の形相が変わった。

「ちっ」

大きな舌打ちをする。

「おめえの正体はお見通しだ」

安東満三郎が言った。

「しゃらくせえっ」

そう言うなり、黒観音の銀次と呼ばれた男はふところに忍ばせていたものを抜いた。

刃物だ。

「任せた」

あとを日の本の用心棒に託し、あんみつ隠密は素早く逃げた。

「わしが相手だ」

室口源左衛門が抜刀した。

「どけっ」

黒観音の銀次が刃物を振るう。

「ぬんっ」

日の本の用心棒が受ける。

「てやっ」

間合いを取ると、室口源左衛門は剣を振り下ろした。

峰打ちだ。

黒観音の銀次は目をむいてその場にくずおれた。

鉢を持っていた男がやにわに逃げ出す。

「御用だ」

「御用！」

満を持していた捕り方が現れ、たちどころに悪党を捕縛した。

気を失っている黒観音の銀次も後ろ手に縛りあげる。

「これにて、一件落着！」

火の粉が降りかからないところにいた黒四組のかしらが、最後に高らかに言い放った。

第十章　祝いの宴

一

「首尾よく一網打尽だぜ」

黒四組のかしらが笑みを浮かべた。

のどか屋の二幕目だ。

今日は捕り物の打ち上げだ。安東満三郎、室口源左衛門、万年平之助、井達天之助。

黒四組の面々が顔をそろえている。

「それはようございました」

おちよが笑みを浮かべた。

「いまいつものをお出ししますので」

千吉が厨から言った。

「おう。いつものがいちばんだ」

あんみつ隠密が笑みを浮かべた。

ほどなく、いつものあんみつ煮が出た。

「打ち上げだから、おれらにはうめえもんを出してくんな」

万年同心が言った。

「分かったよ、平ちゃん」

千吉は笑顔で答えた。

祝いだから、鯛の姿盛りを出した。

刺身になった鯛がいまにも泳ぎだしそうな見事な出来栄えだ。

「いちばんの手柄だったから、兜焼きは室口に出してやれ」

黒四組のかしらが言った。

「手柄というほどのものでは」

無精髭を生やした偉丈夫が笑う。

「それがしはその場にいただけで、何もしておりませんから」

井達天之助が苦笑いを浮かべた。

「おれもそうだな」

　万年同心が言う。

「なら、まあ、遠慮なく」

　日の本の用心棒が髭面をほころばせた。

「ところで、助け金だましの悪党の名のいわれは？　黒観音の銀次って、ずいぶん恐ろしげな名ですけど」

　厨で手を動かしながら、千吉が訊いた。

「頭に観音様をのっけて、観音お助け組とまことしやかに名乗っていやがったが、裏では真っ黒に塗った黒観音を崇(あが)めていやがった。周りをみな不幸にして、おのれだけを助けてくれる観音らしい」

　あんみつ隠密が苦々しげに言った。

「剣呑(けんのん)なことを」

　おちよが眉間(みけん)にしわを寄せた。

「世の中には、いろんなやつがいますね」

　千吉もややあいまいな顔つきで言う。

「まあ何にせよ、悪知恵が働く悪党どもも年貢(ねんぐ)の納めどきだ。しばらくは江戸も平穏だろうぜ」

黒四組のかしらはそう言うと、残ったあんみつ煮を胃の腑に落とした。

ほどなく、鯛の兜焼きができあがった。

「なら、さっそく」

室口源左衛門が箸を取る。

うまそうなところを箸でほぐすと、日の本の用心棒はやおら口中に投じ入れた。

「いかがです？」

のどか屋の二代目が問う。

「うまい、のひと言」

髭面がまたほころんだ。

二

翌日の厨は親子がかりだった。

中食の焼き飯は、いつもは時吉が鍋を振るのだが、今回は千吉が腕を振るった。

のどか屋の二代目が振る焼き飯も、鍋から宙へ小気味よく舞った。

時吉は田楽を焼いた。

風味豊かな木の芽田楽だ。いくらか焦がし加減にすると、ことにうまい。

「田楽は白いご飯にのっけて食べるのもいいけど、焼き飯もまた乙なもんだな」

「そうそう、のっけても普通にうめえぜ」

「具だくさんのけんちん汁がまたうめえ」

なじみの大工衆が満足げに言った。

江戸の町は二度にわたって大火に見舞われてしまったが、ほうぼうの普請場で槌音が響き、建て直しが進んでいる。

焼かれても、歯を食いしばって立ち上がる。

また気張って建て直す。

まさに、江戸は負けず、だ。

そんな調子で中食が好評のうちに売り切れ、二幕目に入った。

おてるの父の卯三郎を含む左官衆が来てくれた。ちょうどおときの将棋指南の日に当たっていたが、左官のかしらが将棋好きだったから、座敷の隅で指南対局が行われることになった。

「中食のお運びに将棋指南、二刀流で大変だな」

かしらが言った。

「ええ、でも、お運びは今月いっぱいで、来月からはたまに将棋指南だけにしていただくことに」

おときが告げた。

「おときちゃんは、将棋家の人にお嫁入りすることに決まったんですよ」

おちよが伝えた。

「ほう、そりゃめでてえな」

左官のかしらはそう言って、歩(ふ)を一つ突いた。

「将棋家って大(てえ)したもんだ」

「玉(たま)の輿(こし)じゃねえかよ」

「めでてえこった」

左官衆が口々に言った。

「いえ、将棋家と言っても、傍流の方なので」

おときが笑みを浮かべた。

「何にせよ、めでてえや。するってえと、ここのお運びが一人空くわけだな？」

卯三郎があごに手をやった。

「さようです。おてるちゃんはいかがでしょう」

おちよがたずねた。

「おう。そろそろどこぞでつとめをやってみてえって言ってたな」

卯三郎が答えた。

「それは渡りに舟で」

おちよの表情がぱっと晴れた。

「なら、娘に言っときまさ」

卯三郎はそう言うと、猪口の酒を呑み干した。

「どうかよろしゅうに」

千吉も厨から言った。

「助かります」

時吉も厨で手を動かしながら言った。

「代わりが見つかれば、わたしも安んじてお暇をいただけます」

おときがほほ笑む。

「すべてうまく回りそうだな。いけねえのはこの将棋くらいだ」

左官のかしらがそう言ったから、のどか屋の座敷に笑いがわいた。

三

翌日はあいにくの雨だった。

中食は浅蜊づくしの膳だった。

浅蜊がたっぷりのかき揚げ丼に浅蜊汁。小鉢だけは箸休めに金平（きんぴら）牛蒡と三河島菜のお浸しにした。

足もとが悪いのでたくさん売れ残ることを案じたが、存外に出足はよかった。

雨が降ると、普請場は休みになる。大工も左官も休みだ。植木の職人などの出職（でしょく）も暇になる。さりながら、長屋にいるのも退屈だからと、飯だけ食いに来る者が少なからずいた。

左官の卯三郎ものどか屋ののれんをくぐってきた。娘のおてるも一緒だ。

「まあ、おてるちゃん。来月からうちでつとめてくださるそうで」

おちよが笑顔で出迎えた。

「はい、どうぞよろしゅうお願いします」

おてるは明るい声で答えた。

「落ち着いてやれば大丈夫だから」

厨から千吉が言った。

「どうかよろしゅうに」

晦日でやめるおときが頭を下げた。

「気張ってやりますので」

と、おてる。

「さっそくだけど、運んでみる？」

古参のおけいが水を向けた。

「なら、おとっつぁんのを運んでくんな」

卯三郎がおのれの胸を指さした。

「うん、分かった」

おてるはすぐさま答えた。

「猫がちょろちょろするから気をつけて」

若おかみのおようが注意を促す。

「はい」

おてるは笑みを浮かべた。

「はい、なら、お願いします」

千吉が膳を渡した。

「承知で」

おてるが受け取る。

「あ、ちょっとどいてね」

足もとを通りかかったこゆきに言う。

今年はまだお産の気配はない。ことによると、秋かもしれない。

「お待たせいたしました。浅蜊づくしの膳でございます」

よそ行きの口調で言うと、おてるは卯三郎の前に膳を置いた。

「なかなか堂に入ってるじゃねえか」

父が笑う。

「はい、おてるちゃんの分」

おけいがもう一つ膳を運んできた。

「あっ、ありがたく存じます」

おてるが礼を述べた。

父と娘は、一枚板の席に並んで舌鼓を打ちだした。

「うめえな、このかき揚げ」

卯三郎が満足げに言った。

「ほんと、たれの味がしみてるし」

おてるも言う。

「のどか屋で働けるのはありがてえこった。来月から気張ってやりな」

卯三郎が言った。

「うんっ」

娘の声が弾んだ。

四

次の親子がかりの日――。

時吉がうどんを打ち、千吉が天麩羅を揚げた。

海老天と鱚天（きすてん）とかき揚げ。

次々に揚げていく。

うどんには蒲鉾とほうれん草が載っているが、なかには天麩羅を入れて食す客もいた。

「このほうが豪勢だからよ」

常連客が笑みを浮かべる。

「茶飯もついてるから腹一杯だ」

「ありがてえ」

なじみの職人衆が言った。

「はい、お待ちどおさまです」

おときがいい声で膳を置いた。

「おっ、いつもより気が入ってるじゃねえか」

「何かいいことでもあったのかよ」

職人衆が言う。

「いえ、まあ、うふふ」

おときは笑ってごまかした。

そんな調子で中食は滞りなく売り切れ、短い中休みに入った。

ここで一人の若者がのれんをくぐってきた。

「あっ、早かったわね」

おときの表情がぱっと晴れた。

それで察しがついた。

おときと夫婦になる将棋指しの若者だ。

「いらっしゃいまし」

おちよが笑顔で出迎えた。

「おときがお世話になっております。これはつまらぬものですが」

若者は緊張気味に手土産の包みを渡した。

「まあ、お気遣いありがたく存じます」

おちよが受け取る。

「あるじの時吉です」

時吉が頭を下げた。

「二代目の千吉です。どうぞよろしゅうに」

千吉も和す。

「大橋宗直（おおはしそうちょく）です。こちらこそ、よろしゅうお願いいたします」

総髪の若者が深々と一礼した。

五

将棋の家元には三つの家系がある。

大橋家、大橋分家、伊藤家の三つだ。

宗直は大橋分家の傍流で、大きな看板を背負っているわけではないが、若き逸材として将来を嘱望されている。

「御城将棋に白羽の矢が立ったりする将棋指しではないのですが、日々研鑽につとめております」

少しやわらいだ表情で、宗直が言った。

「こちらでは、引き続き二人で指南将棋をさせていただければと」

おときが笑みを浮かべた。

「それはぜひ」

おちよが真っ先に言った。

「ほかの稽古先などもありますので、月に二度くらいにさせていただければと」

宗直がそう言って、揚げたての鱚天に箸を伸ばした。

「そのたびに、旬のおいしいものをお出ししますよ」

千吉が笑みを浮かべた。

「楽しみです」

若き将棋指しがいい顔つきで答えた。

「大和梨川藩の兵頭さまにもよろしくお伝えくださいまし」

おときが如才なく言った。

かつての将棋の競いで戦った相手だ。

「そろそろまた見えると思うので、伝えておきます」

のどか屋の二代目が答えた。

「ところで、祝言の宴のほうは？　もしよろしければ、貸し切りでやらせていただきますが」

時吉が水を向けた。

「そうですね。小人数でしたら、区切りにもなりますし」

宗直が乗り気で答えた。

「おときちゃんは？」

おちよが問う。

「それはもう、宗直さんにお任せで」

おときが若者のほうを手で示した。

鼻筋がすっと通り、まなざしに力がある若き将棋指しだ。錦絵に描かれてもおかしくはない。

「では、好日を選んで、うちで宴ということで」

時吉が段取りを進めた。

「はい、どうぞよろしゅうお願いいたします」

若き将棋指しが折り目正しく一礼した。

六

大橋宗直とおときによる将棋指南は、毎月十五日と晦日の二日と決まった。

目出鯛三が顔を見せたので、かわら版の隅のほうで紹介してもらえないかと頼んだ。かわら版の文案づくりも手がける狂歌師は快く請け合った。

お忍びの藩主も来てくれたから、兵頭三之助に将棋指南の件が伝わった。

三月の晦日に、初めての将棋指南が行われた。

兵頭三之助に元締めの信兵衛、それに、かねて宗直から教えを乞うている大店の隠居なども姿を見せ、なかなかの盛況だった。

「江戸にいるあいだに腕を上げとかんと」

宗直と対局中の勤番の武士が言った。

「筋のいい将棋でございますね」

宗直がそう言って指し手を進めた。

「勝負どころのねじり合いに弱いさかいに」

兵頭三之助が鬢に手をやった。

おときは福相の隠居と対戦していた。こちらもなかなかの指し手だ。

「おやき、お待たせいたしました」

おようが皿を運んできた。

将棋を指しながら、茶と食べ物を楽しむことができる。好評につき、甘辛二種のおやきを用意していた。甘いほうは餡、辛いほうは切干大根だ。むろん、両方を頼むこともできる。

宗直は二面指しをこなしていた。

兵頭三之助には香を一枚、信兵衛には飛車角の二枚を落としている。

聞けば、十面指しでもできるらしい。さすがは将棋家の血を引く俊秀だ。

「いや、二枚落ちでも勝負にならないよ。まいりました」

信兵衛が駒を投じた。

「ありがたく存じます。好機はあったので、あとで検討を」

宗直が笑みを浮かべた。

「いやあ、こっちもあかんな。肝心なとこで間違えてしもた」

続いて、兵頭三之助も投了した。

おときと隠居の勝負がいちばん長引いたが、結局はおときが勝利を収めた。

あとは駒を並べ直しての検討だ。

「お酒も肴もご用意できますので。豆腐飯などのお食事も」

千吉が愛想よく言った。

「ほな、豆腐飯を」

兵頭三之助が手を挙げた。

「うちの名物料理です。いかがでしょう」

千吉が水を向ける。

「話は聞いています。わたしも頂戴します」

おときをちらりと見てから、宗直が言った。

「承知しました。少々お待ちください」

のどか屋の二代目がいい声を響かせた。

七

翌日――。

久々に長吉が浅草からやってきた。

それだけではない。今日は長吉屋が休みだということで、若い料理人の政吉も一緒にのれんをくぐってきた。

千吉とは初対面になる。

「同じ若え料理人だ。仲良くやんな」

長吉が言った。

隠居してめっきり老けこむ者もいるが、ほうぼうを出歩いているから矍鑠としており、顔色もいい。

「どうぞよろしゅうに」

千吉が頭を下げた。

「こちらこそ」

政吉が礼を返した。

きりっと締まった顔だちの料理人だ。時吉の次の花板にと目されているだけあって、頼りになりそうな気が漂っている。

「なら、うめえ肴を出してくんな」

古参の料理人が言った。

「承知で」

千吉が気の入った声で答えた。

ここでおようが万吉とおひなをつれて出てきた。

「おう、どっちも大きくなったな」

長吉の目尻にいくつもしわが浮かんだ。

「ええ。このところは病にも罹らず、達者に過ごしています」

おようが笑みを浮かべた。

「そりゃ何よりだ。ひいじいだぞ、分かるか」

長吉が笑顔で言う。

「うんっ」

万吉が元気よく答えた。

隣でおひなもにこっと笑う。

「達者そうだな。大きくなれ」

古参の料理人はそう言ってわらべたちの頭をなでた。

肴が来た。

時吉と千吉が手分けして運ぶ。

「今日は鯛づくしで」

時吉がまず舟盛りを出した。

「こちらは鯛の肝(きも)の時雨煮(しぐれに)で」

千吉が小鉢を置く。

「おう、渋いじゃねえか。鯛の肝はうめえんだ」

長吉がまた目尻にしわを寄せた。

「鯛の皮で蕗(ふき)の青煮を巻いた肴もつくりますので」

千吉が言った。

「それもいいな」

と、長吉。

「生姜がちょうどいい塩梅で」

鯛の肝の時雨煮を味わった政吉がうなずいた。

それから、諸国の料理を味わって書物を著すべく、殿の参勤交代に千吉がついていくかもしれないという例の話を長吉に伝えた。

「おう、そりゃいいじゃねえか。何よりの学びになるぜ」

長吉はすぐさま言った。

「もしそうなれば、留守中の長吉屋は政吉に任せて、わたしはここに詰めようかと」

時吉が指を下に向けた。

「政も腕が上がったからな。それでいいだろうよ」

古参の料理人のお墨付きが出た。

「気張ってやりまさ」

政吉は引き締まった顔つきで言った。

これで首尾よくおおよその話がまとまった。

八

宴の日が来た。

大橋宗直とおときの婚礼の宴だ。

おときの母のおとしは、住み込みでつとめている浅草の藤乃家(ふじのや)の了解を得て出席した。藤乃家のあるじの宇太郎(うたろう)からは、立派な鯛が届いた。さっそく焼いて、婚礼の宴の席に飾った。

宗直は将棋家の傍流だが、血縁と師匠筋のいくたりかは顔を見せた。新郎新婦の竹馬の友たちも含め、貸し切りののどか屋はだんだんに埋まっていった。

「わたしは末席だね」

そう言ったのは隠居の大橋季川だった。

「いえいえ、固めの盃の立会人ですから、師匠」

おちよが笑みを浮かべた。

「何にせよ、めでたいことだね」

隠居の白い眉がやんわりと下がった。

狂歌師の目出鯛三と絵師の吉市の姿もあった。

目出鯛三は筆と帳面、吉市は紙と絵筆。ともに準備万端だ。

婚礼の宴の模様は、隅のほうだがかわら版に載る手はずになっている。

「では、そろそろ固めの盃をお願いいたします」

時吉が段取りを進めた。

紋付き袴に白無垢(しろむく)。

絵になる新郎新婦の前に酒器が運ばれ、型どおりに固めの盃が進んだ。

ただし、通常とは違う儀式も加わっていた。

のどか屋の座敷には、将棋盤が据えられていた。

いつも将棋指南で使われているものだが、今日はおめでたい紅白の水引(みずひき)がかけられている。

「なら、盃の次だね」

立会人の隠居が温顔で言った。

「はい。では、一手ずつ指していただきます」

時吉が将棋盤を手で示した。

駒がきれいに並べられている。

「では、先手で」

おときが歩を一つ突き、角道を開けた。

「さあ、どうしよう」

宗直が大仰に腕組みをしたから、婚礼の宴の場に和気が満ちた。

少し気を持たせると、若き将棋指しは飛車先の歩を突いた。

ぴしっ。

小気味いい音が響く。

「これでお二人は夫婦になられました」

時吉が言った。

「ありがたく存じます」

宗直が頭を下げた。

「今後ともよろしゅうに」

白無垢の花嫁が笑みを浮かべた。

九

海老に鱚。

縁起物の天麩羅が揚がった。

「お待たせいたしました」

見事な舟盛りも運ばれる。

「御酒の追加はいくらでも承ります」

おようがいい声を響かせた。

将棋盤の水引が取り去られた。

せっかくだから、新郎新婦による対局が続けられることになった。

ただし、真剣な勝負ではないから、どちらも笑顔だ。

「まあ、一杯」

新郎に次々に酒がつがれる。

それを呑みながらだから、宗直の顔はだんだん赤くなってきた。

「いい感じです」

絵師の筆が動く。

「いくらでも書けそうですな」

目出鯛三も負けじと筆を動かした。

ややあって、将棋に勝負がついた。

「呑みすぎて、うっかりしてしまったね」

宗直がそう言って投了した。

ただし笑顔だ。

「ありがたく存じました」

花嫁の綿帽子が動いた。

宴もだんだんたけなわとなってきた。

「では、このあたりで余興を一つ」

時吉が段取りを進めた。

「わがのどか屋随一の常連である俳諧師の大橋季川様より、祝いの発句を頂戴したいと存じます」

それを聞いて、おちよが素早く短冊と筆を用意する。

「このために来たんだからね」

季川はそう言うと、やおら筆を執り、うなるような達筆で祝いの発句をしたためた。

春の駒それぞれ進むめでたさよ

「なるほど、将棋の駒と馬の駒をかけてあるんですね。仲良く進んでいくさまが目に見えるかのようです」

おちよがそれと察して言った。

「はは、すぐ読まれたね。では、付けておくれ、おちよさん」

隠居が身ぶりで示した。

「うーん、どうしましょう」

おちよはあごに手をやった。

それから、思い切ったように付け句を発した。

やがては馬にあるひは龍に

「角と飛車がめでたく成ったさまですね」

招かれた将棋指したちがそう言ってくれたので、おちよはほっとしたように胸に手をやった。

ほどなく、締めの紅白蕎麦が出た。

宴はそろそろお開きだ。

「では、最後に、新郎の大橋宗直様より、ごあいさつを賜りたいと存じます」

時吉が言った。

みなが注目するなか、若き将棋指しは悠然と腰を上げて一礼した。

「本日はわれわれの祝言の宴にお越しいただきまして、まことにありがたく存じます。将棋も人生も、一手一手の重みに変わりはないと思います。この先も難解な局面が続くかもしれませんが、ここにいるおときと力を合わせて、人生という難局を乗り切っていきたいと思います。本日は、本当にありがたく存じました」

よく通る声で、宗直が言った。

「ありがたく存じました」

おときも和す。

「よっ、日の本一」

「よかったなあ」

朋輩たちから声が飛ぶ。

将棋で結ばれた若い二人の祝言の宴は、ほうぼうで笑顔の花が咲くなか、滞りなく終わった。

終章　鰹の手捏ね寿司膳

一

江戸に初鰹の季が来た。

もっとも、名のある料亭よりのどか屋では遅れる。むやみに値の張るときには出さないからだ。

多少なりとも落ち着いた時分に、初めて出す。

今年の皮切りの客は、お忍びの藩主だった。

「国元に帰ったら食せぬからな。これくらいの贅沢は大目に見てもらおう」

筒堂出羽守はそう言って、鰹のたたきを口中に投じた。

「大和梨川には海がございませんからね」

おちよが言った。

「うむ。初鰹はしばらく食えぬ」

お忍びの藩主はそう答えると、もう一人の客がついだ猪口の酒をくいと呑み干した。

江戸詰家老の原川新五郎だ。

「初鰹どころか、鯛なども食えまへんさかいに。鯛は菓子の押し物ばっかりや」

原川新五郎がそう言ったから、のどか屋に笑いがわいた。

「秋には参勤交代ゆえ、いまのうちにうまいものを食っておかねば」

快男児がそう言って、また次の鰹に箸を伸ばした。

「わたしは寿命があるうちに食うとかんと」

江戸詰家老が続く。

「まだまだお達者ですよ」

と、おちよ。

「書物の取材のために大和梨川に来たら、わが藩の紹介もよろしゅう頼むぞ。地の料理はいろいろあるからな」

筒堂出羽守が千吉に声をかけた。

「承知しました。もう行くことに肚を固めたので」

千吉が厨から答えた。

「まず大和梨川へ行くんか？」

原川新五郎がたずねた。

「ええ。参勤交代についていかせていただきます。物を運びますので」

千吉は身ぶりをまじえた。

「そのあとはどうする」

お忍びの藩主が問うた。

「まず大坂へ行って、それから京へ廻り、ほうぼうで舌だめしをしながら東海道をゆっくり下っていければと」

千吉は答えた。

「なるほど、それは良き書物を著すことができるだろう」

筒堂出羽守はうなずいた。

「また千部振舞やな、二代目」

江戸詰家老が言う。

「そうなればいいんですが」

まんざらでもなさそうな顔つきで、千吉は答えた。

二

いくらか経った。

のどか屋の中食にも初鰹が出た。

鰹の手捏(こ)ね寿司膳だ。

づけにした鰹の身を酢飯に合わせ、とりどりの薬味をまぜて食す。たたきや竜田揚(たつたあ)げなども出すが、これものどか屋名物の鰹料理だ。

「いつもより高(たけ)えから迷ったけど、食ってよかったな」

「これで初鰹食いの仲間入りだ」

「ちょいと遅(おせ)えけどよ」

なじみの大工衆が口々に言った。

「鰹の漬かり具合が絶妙だな。これはどういう割りだ？」

一枚板の席に陣取った剣術指南の武家が問うた。

「醬油が二、味醂が一の割りです」

千吉が答えた。

「江戸の味だな」

と、武家。

「薬味もとりどりでうまい」

その弟子が相好(そうごう)を崩した。

青紫蘇(あおじそ)の葉に生姜に炒った白胡麻。

酢飯に合うさわやかな薬味だ。

「小うどんまでついてるから、腹一杯だ」

「小鉢もついてるしよう」

「値が張るのは仕方ねえや」

大工衆が満足げに言った。

今日は親子がかりの日だから、千吉がうどんを打った。

「お待たせいたしました。鰹の手捏ね寿司膳でございます」

娘の声が響いた。

おてるだ。

初めのころはさすがに緊張していたが、日を追うごとに慣れてきた。

「おう、来た来た。もう慣れたかい」

常連が問う。

「ええ、どうにかやってます」

おてるは笑みを浮かべた。

「気張ってやりな」

「のどか屋のお運びには福が来るからよ」

先客が箸を止めて言った。

「はい、気張ってやります」

おてるは明るい表情で答えた。

三

のどか屋で初鰹が出たといううわさはすぐさま広がったようだ。

二幕目には、それを目当ての客がのれんをくぐってきた。

「おう、久しぶりだな」

客の顔を見て、時吉が驚いたように言った。

「ご無沙汰してました」

笑顔でそう言ったのは、力屋（ちからや）の入り婿の為助（ためすけ）だった。

京生まれの為助は時吉の弟子になり、力屋の跡取り娘のおしのと結ばれ、子もいくたりかできている。

「今日は休みなので、一緒に舌だめしに」

力屋のあるじの信五郎が言った。

「なら、鰹のたたきを」

時吉が笑みを浮かべた。

「おしのちゃんはお達者で？」

おちよがたずねた。

「ええ、おかげさんで。子の世話で大変ですけど、気張ってやってます」

京生まれの男が言った。

しばらく千吉と子の話をしているうちに、鰹のたたきができあがった。

あぶって八重づくりにした鰹に酢を振りかけ、ぺたぺたと指でたたいてなじませる。

それから器に盛り、水気を切った薬味をたっぷり載せ、だしなどを加えた酢を張る。

「さわやかな江戸の味ですな」

為助が満足げに言った。

「脂の乗った戻り鰹もいいけれど、この時分の鰹はさっぱりしていてうまいからな」

と、時吉。

「づけの丼なら、うちでも出しますよ」

力屋のあるじが言った。

「濃いめの味噌汁もたっぷりで」

為助が和す。

「そのうち、おいらも舌だめしに行きます」

千吉が言った。

「ああ、そりゃお待ちしてます」

信五郎がすぐさま答えた。

「腕によりをかけて、うまいもんを出しますんで」

為助が二の腕をたたいた。

四

大橋宗直とおとき、若い二人による将棋指南は盛況だった。

目出鯛三の文案による、かわら版の力も大きかった。

刷り物は額に入れられ、のどか屋の座敷の隅に飾られていた。

こんな内容だ。


好日、横山町の旅籠付き小料理のどか屋にて、若き将棋指し同士の婚礼の宴が催されたり。

新郎は大橋宗直。

将棋の指南ばかりか棋書（きしょ）の執筆にも尽力する俊秀なり。

新婦はおとき。

昨年の将棋の競ひにも加はりし娘将棋指しと、有為（ゆうい）の若者とのあひだに縁が生じ、晴れて婚礼の宴となりしものなり。めでたきかな、悦ばしきかな。

おときはのどか屋にて運び役をつとめてをりしが、向後（こうご）は将棋の指南役でのみ訪れることに。宗直とおときによる将棋指南は、毎月、十五日と晦日、のどか屋の中食がをはりしのちの二幕目を貸し切りで行はれるなり。

指南ばかりでなく、甘辛二味のおやきと茶もふるまはれるなり。倖せのおすそわけをもらひつつ、将棋の腕を上げたいと思ふ有志は、十五日と晦日ののどか屋ののれんをぐることを忘るべからず。

そのあとには、吉市の手になる絵が入っていた。

宗直とおときが将棋盤に向かっている図だ。

「あれを読んで、思い切って来てよかったよ」

商家の隠居が笑みを浮かべた。

「めきめきと腕を上げておられますからね」

宗直が言う。

「この歳からさほど強くはなるまいと思っていたのだが、二人の教え方がいいんだね」

「そうそう。ここは食べ物もおいしいし、ありがたいことだよ」

一緒に来た客が言った。

「指南が終わりましたら、腰を据えて酒肴(しゅこう)を楽しんでいただくこともできますので」

千吉が厨から言った。

「はは、如才がないね」

「せっかくだから、呑んでいくことにしよう」

そんな調子で、若い二人による将棋指南は和気藹々(あいあい)のうちに終わった。

二人の客が笑顔で言った。

五

翌日の二幕目には、珍しい客がやってきた。

千住の骨つぎ、名倉(なぐら)の若先生だ。

江戸じゅうに名が響く骨つぎで、千住に泊まりがけで療治に行く者がたくさんいる。

今日は腕のいい鍛冶屋に療治道具を頼むためにやってきたらしい。

かつては千吉もそうだった。

生まれつき足が曲がっていてずいぶんと案じられた千吉だが、名倉の若先生が考案した矯正の道具を足に装着したおかげで、時はかかったがめでたく本復(ほんぷく)した。

いまは普通に走ることもできる。のどか屋にとってみれば大恩ある医者だ。

「いかがですか、千吉さん。足は大丈夫ですか?」

名倉の若先生がのどか屋の二代目に問うた。

「ええ、おかげさまで。ちゃんと走れますので」

千吉は腕を振るしぐさをした。

「子をつれて千住へ通っていたのが夢のようです」

時吉も言った。

今日は親子がかりの日だ。

「なんだかあっという間ですね」

千住の若先生がそう言って、鮑（あわび）の酒蒸しに箸を伸ばした。

高齢ながら大（おお）先生がまだ健在だから名は若先生だが、総髪にはだいぶ白いものが目立つようになった。

「そうですね。孫もだんだんに育ってきて」

おちよが座敷の隅で猫じゃらしを振っている万吉とおひなのほうを手で示した。

「せっかくだから、あとで軽く診ましょう」

鮑をうまそうに食してから、若先生が言った。

「それはぜひお願いいたします」

二人の子を見守っていたおようが笑みを浮かべた。

それから、次の休みの日に家族でどこかへ出かける話になった。

「行きたいところはあるか？」

千吉がたずねた。

「んーと、見世物小屋」

少し思案してから万吉が答えた。

「両国橋の西詰の小屋だな。なら、そのあとで甘いものでも食べよう」

千吉が段取りを進めた。

「おひなはそれでいい？」

おようが訊く。

「うんっ」

おひなは元気よくうなずいた。

千住に戻らねばならない若先生がほどなく支度を調え(ととの)た。

座敷で万吉とおひなの育ち具合を手早く診る。

「いいですね」

腕のいい骨つぎが満足げに言った。

「どちらも問題ありません。このまま丈夫に育つでしょう」

名倉の若先生が太鼓判を捺した。

それを聞いて、のどか屋の面々はこぞって笑顔になった。

六

テンックテンック、テンテンツクツク……


呼び込みの太鼓の音が聞こえる。

看板には色とりどりの傘や独楽(こま)や鞠(まり)が描かれていた。

「これなら大丈夫ね」

おようが指さした。

「そうだな。怖そうなものだとおひなが泣くから」

千吉が答えた。

「なら、入る?」

万吉が問うた。

「おう、入ろう」

千吉はすぐさま答えた。

木戸銭を払い、中に入る。

さほどの入りではなかった。おかげで、ゆっくり見物することができそうだ。

やがて、ひとしきり太鼓の音が響いた。

「東西（とざい）！」

声が発せられたかと思うと、拍子木が鳴った。

銀色の羽織袴の男が独楽を抱えて舞台に現れた。

「あれは何？」

おひなが無邪気に問うた。

「見てたら分かるから」

おようが小声で言った。

「東西！」

また声が発せられた。

鉦（かね）と太鼓が響く。

その音（ね）に合わせて、独楽が廻った。

紅白の独楽が廻り、美しい渦（うず）の模様が浮かびあがる。

「わあ」

万吉が声をあげた。

「きれいね」

　おようが和す。

　独楽は次々に廻った。

　大きいものもあれば、小ぶりのものもある。色もさまざまだ。一つ廻りだすたびに舞台が華やかになる。

　脇から女が出てきた。

　こちらは桜色の着物に金の帯だ。

　銀色の傘をぱっと広げる。

「独楽に続いて、鞠を廻しましょう」

　男がよく通る声を発した。

　青い鞠を投げる。

「よっ」

　女が見事に傘で受けた。

　そのまま小気味よく廻していく。

「わあ、すごい」

「きれい」

わらべたちの瞳が輝いた。

独楽も鞠も、次々に廻った。

小屋が拍手に包まれる。

「東西！」

ひときわよく通る声が響いた。

男が大きな独楽を取り上げ、胸に抱いた。

そのままうしろへ宙返りする。

「ありがたく存じました」

女は鞠をつかみ、傘を閉じて一礼した。

小屋はまた喝采（かっさい）に包まれた。

七

「楽しかったね」

おようが言った。

「うん」

おひながうなずく。

両国橋の西詰の茶見世だ。

見世物小屋を出たのどか屋の面々は、茶見世の座敷に上がった。

頼んだのは団子と冷たい麦湯だ。

「お待たせしました」

おかみが盆を運んできた。

「あっ、来た」

万吉の声が弾む。

「よし、みたらしと餡とよもぎ、三種を四本ずつ頼んだから、ゆっくり食え」

千吉が父の顔で言った。

「うんっ」

万吉は勇んでみたらし団子の串をつかんだ。

餡もみたらしも、甘すぎずちょうどいい塩梅だった。

ただし、よもぎはおひなの口に合わなかったらしく、ずいぶんとあいまいな顔つきになった。

「なら、よもぎはおとうが食べてやろう」

千吉が笑って言った。

「麦湯がおいしいね」

おようが笑みを浮かべた。

「うん。団子もおいしい」

万吉は、今度は餡団子に手を伸ばした。

「ゆっくりでいいから」

みたらし団子を食べだしたおひなに向かって、おようが言った。

おひなはこくりとうなずいた。

「明日からはまたつとめだな」

千吉はそう言って湯呑みを置いた。

「気張っていきましょう」

おようが笑みを浮かべる。

「もう帰る？」

万吉が少し名残惜しそうに訊いた。

「時はまだあるから、両国橋から船をながめるか？」

千吉が水を向けた。

「うんっ」

　万吉は力強く答えた。

「おひなちゃんも気張って歩く?」

　母が問う。

「うん」

　おひなはこくりとうなずいた。

八

　いい日和(ひより)だった。

　風も穏やかだ。

「よし、もうちょっとだ」

　おひなの手を引いていた千吉が言った。

　両国橋の上りだ。

　娘はさすがに大儀そうになってきた。

「なら、おとうが抱っこしてやろう」

千吉が手を伸ばした。

「このへんでいいかしら」

おようが言った。

「そうだな。ここからでも船は見える」

おひなを抱っこしたまま、千吉は歩みを止めた。

「ふう」

万吉が息をつく。

「ここから見える？」

おようが訊いた。

「背伸びしたら見える」

背丈が伸びてきたわらべが答えた。

上流から下流へ、ゆるゆると船が流れてくる。

船頭が櫓を操る。

むしろに覆われた荷が何か分からないが、下流へと着実に運ばれていく。

「あの荷は海の近くまで行って、大きな船に移し替えられるんだ。それからほうぼうへ運ばれていく」

千吉が教えた。

「ほうぼう？」

おひなが問う。

「そうだ。京や大坂にも行くぞ」

と、千吉。

「おとうは秋に京や大坂へ行くのよ。料理の修業と、本を書くために」

おようが言った。

「おいらは？」

万吉が問うた。

「もうちょっと大きくなったらな」

千吉が笑って答えた。

万吉はやや不満そうに口をつぐんだが、ほどなくまたその表情が晴れた。

「あっ、また来た」

上流を指さす。

ゆっくりと近づいてくる船が見えた。

「ほら、お船だぞ」

千吉がおひなを少し高くかざした。

「いいわね、次々にお船が来て」

おようが笑みを浮かべる。

「お船、お船」

おひなは唄うように言った。

そして、花のような笑顔で、近づいてくる船に向かって手を振った。

［参考文献一覧］

『一流板前が手ほどきする人気の日本料理』（世界文化社）
『人気の日本料理2　一流板前が手ほどきする春夏秋冬の日本料理』（世界文化社）
畑耕一郎『プロのためのわかりやすい日本料理』（柴田書店）
田中博敏『お通し前菜便利集』（柴田書店）
志の島忠『割烹選書　春の献立』（婦人画報社）
野崎洋光『和のおかず決定版』（世界文化社）
鈴木登紀子『手作り和食工房』（グラフ社）
『復元・江戸情報地図』（朝日新聞社）
日置英剛編『新国史大年表　五－Ⅱ』（国書刊行会）
今井金吾校訂『定本武江年表』（ちくま学芸文庫）

二見時代小説文庫

お助け屋台（たすやたい） 小料理のどか屋（こりょうりのどかや） 人情帖（にんじょうちょう）42

二〇二四年十一月二十五日　初版発行

著者　倉阪鬼一郎（くらさかきいちろう）

発行所　株式会社 二見書房
〒一〇一-八四〇五
東京都千代田区神田三崎町二-一八-一一
電話　〇三-三五一五-二三一一［営業］
　　　〇三-三五一五-二三一三［編集］
振替　〇〇一七〇-四-二六三九

印刷　株式会社 堀内印刷所
製本　株式会社 村上製本所

落丁・乱丁本はお取り替えいたします。定価は、カバーに表示してあります。

ISBN978-4-576-24100-5
https://www.futami.co.jp/

倉阪鬼一郎

小料理のどか屋人情帖 シリーズ

以下続刊

剣を包丁に持ち替えた市井の料理人・時吉。
のどか屋の小料理が人々の心をほっこり温める。

---

① 人生の一椀
② 倖せの一膳
③ 結び豆腐
④ 手毬寿司
⑤ 雪花菜飯（きらずめし）
⑥ 面影汁
⑦ 命のたれ
⑧ 夢のれん
⑨ 味の船
⑩ 希望粥（のぞみがゆ）
⑪ 心あかり
⑫ 江戸は負けず
⑬ ほっこり宿
⑭ 江戸前 祝い膳
⑮ ここで生きる
⑯ 天保つむぎ糸

---

⑰ ほまれの指
⑱ 走れ、千吉
⑲ 京なさけ
⑳ きずな酒
㉑ あっぱれ街道
㉒ 江戸ねこ日和
㉓ 兄さんの味
㉔ 風は西から
㉕ 千吉の初恋
㉖ 親子の十手
㉗ 十五の花板（はないた）
㉘ 風の二代目
㉙ 若おかみの夏
㉚ 新春新婚（にいめとり）
㉛ 江戸早指南（はやしなん）
㉜ 幸（さち）くらべ

㉝ 三代目誕生
㉞ 料理春秋
㉟ 潮来（いたこ）舟唄
㊱ 祝（いわ）い雛（びな）
㊲ 宿場だより
㊳ 味の道
㊴ 越中なさけ節
㊵ 勝負めし
㊶ ねこ浄土
㊷ お助け屋台

二見時代小説文庫